Deseo

SABOR A TENTACIÓN

CAT SCHIELD

HARLEQUIN™

Editado por HARLEQUIN IBÉRICA, S.A.
Núñez de Balboa, 56
28001 Madrid

© 2014 Catherine Schield
© 2015 Harlequin Ibérica, S.A.
Sabor a tentación, n.º 2028 - 4.3.15
Título original: A Taste of Temptation
Publicada originalmente por Harlequin Enterprises, Ltd.

I.S.B.N.: 978-84-687-5657-8
Depósito legal: M-34152-2014
Editor responsable: Luis Pugni
Impresión en CPI (Barcelona)
Fecha impresion para Argentina: 31.8.15
Distribuidor exclusivo para España: LOGISTA
Distribuidor para México: CODIPLYRSA
Distribuidores para Argentina: Interior, DGP, S.A. Alvarado 2118.
Cap. Fed./Buenos Aires y Gran Buenos Aires, VACCARO HNOS.

Capítulo Uno

Tan pronto como Harper Fontaine salió de su animado casino y entró en su moderno y nuevo restaurante, miró al lado de la puerta para ver si había o no una bolsa de cuero negra con ruedas: la bolsa de supervivencia de Ashton Croft, como ella la llamaba. La odiaba, por representar lo que no soportaba del famoso chef: su tendencia a aparecer sin avisar y su gusto por la aventura.

Pero quería que la bolsa estuviera allí porque eso significaría que Ashton había venido a hacer la entrevista al candidato para el puesto de jefe de cocina. Faltaban solo dos semanas para la inauguración de Batouri, ya con retraso, y que había hecho que Harper se cuestionara la decisión de pedir a un chef famoso de la televisión que se encargara de la preparación del restaurante de su hotel.

Pero a pesar de que la gran inauguración estaba dando publicidad al hotel, Fontaine Ciel, los niveles de estrés a los que se estaban viendo todos sometidos eran casi insoportables. Carlo Perrault, el gerente del restaurante, llevaba dos meses sin dormir y cada vez se encontraba más irritado. Ella, por su parte, había empezado a padecer serios dolores de cabeza.

Con la prolongación del rodaje de El Cocinero Errante en Indonesia, las dificultades para trabajar con él habían aumentado. Habían tenido que retrasar la inauguración de Batouri dos veces debido a los viajes de Ashton para filmar episodios de la popular serie televisiva.

Pero Harper se negaba a posponer una vez más la inauguración de Batouri. Los suelos estaban acabados. Las arañas de cristal colgaban de los techos e iluminaban las blancas servilletas y las copas de cristal sobre las superficies negras de las mesas. Hacía diez días que los pintores habían acabado la pintura dorada metálica de las tres columnas en el centro del comedor.

Solo faltaban dos cosas para que Batouri pudiera abrir, dos piezas claves: el jefe de cocina y un menú. Y al comprobar que la bolsa de Ashton no estaba en el lugar que acostumbraba a dejarla, parecía que el menú iba a tener que esperar.

Harper se miró el reloj. Eran exactamente las cuatro de la tarde. Para asegurarse de que llegara a tiempo, le había dicho a Ashton que había citado al candidato a jefe de cocina a las tres. No estaba acostumbrada a recurrir a esa clase de trucos, pero ya no sabía qué hacer con el famoso chef.

Llamó a su secretaria y Mary contestó la llamada inmediatamente.

–¿Ha llamado Ashton Croft para decir que se iba a retrasar? –preguntó Harper sin preámbulos.

–No.

–Y su avión llegaba a Las Vegas a la una, ¿no?

–Sí.

Dos semanas antes Ashton le había prometido que, a partir de ese día, se centraría por completo en Batouri. No debería haberse fiado de él.

–Gracias, Mary. Avísame si sabes algo de él.

–Lo haré –Harper estaba a punto de colgar cuando Mary dijo algo que llamó su atención–: ... En tu despacho.

Carlo Perrault salió de la cocina bufando. El gerente del restaurante, de cuarenta y seis años de edad, daba señales de estrés.

–Tenemos un problema.

–Perdona, Mary, ¿quién has dicho que está en mi despacho?

–Tu madre.

–¿Mi madre? –consciente de la presencia de Carlo, Harper se volvió de espaldas a él–. ¿Te ha dicho qué está haciendo en Las Vegas?

–No, pero parece disgustada.

–¿Disgustada solo? –preguntó Harper irónica.

Penélope Fontaine no habría abandonado su elegante casa en Boca Ratón para ir a verla de no tratarse de algo serio. Y de ser así, ¿por qué había acudido a ella? Normalmente, cuando tenía algún problema, Penélope acudía a su suegro, Henry Fontaine.

–Te he oído decir que solo fuma cuando está nerviosa –dijo Mary–. Acaba de encender un segundo cigarrillo.

–¿Que está fumando en mi despacho? Estaré ahí en cinco minutos.

–No puedes marcharte –protestó Carlo–. Croft ha empezado a entrevistar al cocinero sin ti.

–Genial –murmuró ella–. ¿Cuánto tiempo lleva ahí?

–El suficiente para probar todo lo que Cole, el cocinero, ha preparado –la expresión de Carlo fue suficiente para indicarle que aquella entrevista llevaba el mismo camino que las siete anteriores.

–Mary, me parece que voy a tardar un rato en poder ir. Instala a mi madre en una habitación del hotel y dile que iré a verla cuando termine aquí.

Harper colgó el teléfono y se volvió hacia Carlo.

–Esta vez, si vuelve a estropearlo todo, te juro que le mato.

Carlo asintió comprensivo.

La discusión de los dos hombres le llegó a los oídos antes de llegar a la zona de cocina.

–Estas vieiras a la plancha están perfectamente cocinadas –protestó uno de los hombres–. Y a la salsa no le falta sal.

–Evidentemente, su paladar es aún peor que su habilidad para cocinar.

A Harper le dio un súbito dolor de cabeza en el momento en que oyó la segunda voz. Ashton Croft llevaba dos meses entrevistando a candidatos para ocupar el puesto de jefe de cocina y los había rechazado a todos.

Como de costumbre, clavó los ojos inmediatamente en Ashton, cuya presencia dominaba la estancia: alto y con los fuertes brazos cruzados, miraba furioso a Cole.

Ashton había comido cosas que a Harper le revolvían el estómago solo de pensarlo, sus aventuras la asustaban y la cautivaban a vez.

Con un esfuerzo, Harper apartó los ojos de él, los clavó en el otro cocinero y se dispuso a entrar en escena.

–Buenas tardes, caballeros –dijo Harper con tranquilidad y autoridad. Quería a Dilon Cole de jefe de cocina de Batouri. Era un excelente cocinero y, además, tenía dotes de mando y organización–. ¿Qué tal va todo?

–Prueba esto –le ordenó Ashton empujando un plato hacia ella sin quitarle el ojo de encima a Cole–. Dime si está a la altura de Batouri.

Harper se negó a obedecer.

–¿Puedo hablar contigo un momento en privado? –le preguntó a Ashton.

–¿No puedes dejarlo para más tarde? –inquirió Ashton sin dejar de mirar a Cole.

–No.

La negativa sonó alta y clara, y consiguió atraer la atención de Ashton, que le clavó los ojos azules, despertándole una oleada de deseo sexual.

Harper se maldijo a sí misma por permitir que el atractivo físico de ese hombre y su evidente virilidad le afectaran de esa manera.

Tuvo que recordarse que Ashton era una persona poco fiable y al que no le importaba la forma en que sus acciones repercutían en los que le rodeaban. Su papel de deslumbrante aventurero en televisión lo cumplía a la perfección, pero dejaba mucho que desear en lo tocante su trabajo en el lanzamiento del nuevo restaurante.

Con los labios apretados, Asthon asintió.

—Discúlpenos un momento —le dijo Ashton a Cole, y salió de la cocina con Harper para ir al comedor—. Bueno, ¿qué es eso tan importante que tienes que decirme?

—El restaurante abre dentro de dos semanas.

—Sí, ya lo sé.

—La inauguración no se va a volver a posponer.

—También lo sé.

—¡Necesitamos un jefe de cocina!

—Yo me encargaré de la cocina.

Pero Harper no le creyó.

—Necesito a alguien que se encargue del día a día de la cocina, alguien que esté aquí siempre.

Ashton asintió, percatándose de las intenciones de ella.

—Quieres que contrate a Cole. Es eso, ¿verdad?

—La última vez que estuve en Chicago fui a su restaurante y la comida era excelente. Estaba ilusionada con probar lo que ha hecho hoy.

—No te has perdido gran cosa.

Harper se lo quedó mirando. Ese día veía algo diferente en el comportamiento de Ashton. Era como si quisiera crear problemas donde realmente no los había.

—¿Te pasa algo? —preguntó Harper de repente.

Ashton pareció vacilar unos momentos.

—No, nada. ¿Por qué?

—Porque, para empezar, has llegado a tu hora.

–En realidad, he llegado con una hora de antelación.

Harper guardó silencio y luego suspiró.

–En fin, lo único que sé es que has rechazado a siete candidatos para el puesto de jefe de cocina.

Ashton arqueó las cejas.

–¿Y?

–Necesito contratar a un jefe de cocina. En mi opinión, Cole es la persona perfecta.

–No has probado sus entremeses –en lo relativo a la comida, Ashton era un genio, por lo que no le sorprendía que no encontrara a nadie apto para su exigente paladar–. Les faltaba algo.

–Tiene experiencia y sabría llevar la cocina de la forma como yo quiero…

Pero Asthon la interrumpió:

–Cuando acudiste a mí para que te ayudara a montar un restaurante, dejé muy claro que, en lo referente a lo creativo, yo tenía la última palabra.

–En lo referente a lo creativo, pero esto tiene que ver con la organización de la cocina –y por eso era por lo que estaba decidida a imponer su voluntad.

–La cocina es el lugar en el que se produce la magia.

–No creo que se vaya a producir ninguna magia sin un menú y sin un jefe de cocina para organizar al personal.

Harper sintió una punzada de dolor en la cabeza y parpadeó.

–Todo estará listo para el día de la inauguración

–declaró Ashton con absoluta confianza en sus palabras.

–Pero…

–Confía en mí –la profunda voz de Ashton, tomándola por sorpresa, acalló sus protestas.

–Confío en ti –respondió, pero no era eso lo que había querido decir.

Sin embargo, sabía que era verdad. Podían tener diferentes ideas de cómo conseguir algo, pero Ashton le había demostrado sobradamente que era tan capaz como ella de alcanzar los objetivos que se proponía. En el fondo, sabía que él lograría elaborar un menú que se ganara la admiración tanto de los clientes como de los críticos.

Lo que le sacaba de quicio era la idea de que dejara las cosas para el último momento.

Desde que se conocían, hacía ya nueve meses, Harper no había mostrado ningún interés en él más que como cocinero. Acosado por ataques de lujuria respecto a aquella mujer de negocios, pero sin querer que nada interfiriese en su relación profesional, había ignorado a sus hormonas y había mantenido el trato con ella estrictamente a nivel de trabajo.

Sin embargo, según se aproximaba el día de la inauguración del restaurante, más difícil le resultaba no verla como la atractiva, aunque demasiado seria, mujer que Harper era.

Le exasperaba no ser capaz de aceptar que Harper no estuviera interesada en él. Estaba en Las Vegas, un lugar plagado de mujeres dispuestas a pasar un buen rato, perfecto para un trotamundos como él.

Al principio del proyecto, le había atraído la idea de introducirse en el mercado de Las Vegas. Sin embargo, había comprendido demasiado tarde lo difícil que era comunicar sus ideas. Había exigido cambios que habían irritado a los diseñadores del restaurante y que, a la par, habían ralentizado el proyecto. Obligado a viajar por su trabajo en televisión, no había podido supervisar el proceso y había descubierto muchas deficiencias.

Para colmo de males, se había visto retenido en Indonesia debido a problemas de rodaje a causa del mal tiempo.

–¿Qué te parece si le digo a Cole que lo sentimos pero que no podemos contratarle y después te preparo algo exquisito? Podrías contarme lo que tanto te preocupa mientras comemos.

–Lo que me preocupa es no tener un jefe de cocina.

–Debe haber algo más. Estás de muy mal humor.

–No estoy de mal humor. Y no tengo tiempo de comer contigo.

–Hace cinco minutos estabas dispuesta a sentarte y a probar todo lo que Cole ha preparado –Ashton se cruzó de brazos y la miró con solemnidad–. Así que no me queda más remedio que preguntarte qué es lo que no te gusta de mi comida.

–No se trata de tu comida. Comí en Turinos cuando estabas allí de chef y tus creaciones me parecieron extraordinarias. No es posible que creas que te he contratado para la inauguración de mi restaurante sin que me guste tu forma de cocinar, ¿no?

–En ese caso, ¿es porque no te gusto yo? –Ashton alzó una mano previendo la negativa de ella–. Sé que a algunos les resulta difícil trabajar conmigo.

Harper respiró hondo y soltó despacio el aire.

–Es imposible trabajar contigo, pero creo que el resultado final valdrá la pena. A pesar de lo que te he insultado para mis adentros.

Ashton sonrió.

–¿Me has insultado?

–Pero nunca delante de nadie.

–Sí, claro.

–¿Qué quieres decir?

–Que eres demasiado señora como para perder los estribos.

–¿Qué tiene de malo ser una señora?

Ashton sabía que la estaba picando. Al principio de conocerla, la había provocado. Pero Harper era demasiado profesional para picar el anzuelo y él, al final, había parado. Pero esta conversación era diferente. Parecía como si Harper se hubiera despojado de su máscara y se estuviera mostrando tal como era en realidad.

–Nada, solo que no pareces divertirte mucho.

Ashton había averiguado algunas cosas sobre Harper. Estaba enterado de la pugna que tenía con sus hermanastras por el control del negocio de la familia. Harper tenía un gran éxito profesional, pero no se dormía en los laureles, al igual que él.

–Me divierto mucho con el éxito de mi hotel. Y, además, mira quién fue a hablar. Tú, que te pasas la vida entre rodajes o dirigiendo tus restaurantes.

–No voy a negar que estoy bastante ocupado, pero también disfruto con lo que hago –Ashton ladeó la cabeza–. ¿Y tú?

–Me gusta mi trabajo. No lo haría si no me divirtiera –pero detrás de la vehemencia de las palabras de Harper había duda.

–No es posible que centres toda tu vida en el trabajo –dijo él–. ¿No hay algo que quieras hacer y que todavía no has hecho?

–Hablas como si lo sacrificara todo por mi trabajo.

La verdad era que él no había dicho nada semejante, pero el hecho de que Harper diera esa interpretación a sus palabras era sumamente significativo.

–Todo el mundo sueña con hacer algo diferente, quizá alguna locura, en un momento de su vida.

–Estoy de acuerdo.

–En ese caso, dime qué te gustaría hacer.

–No te entiendo.

–Vamos, confiesa. Dime lo primero que te venga a la cabeza.

Con gesto de exasperación, Harper arrugó el ceño y contestó:

–Me gustaría ir en camello por el desierto y dormir en una tienda de campaña.

–¿En serio? –Ashton se echó a reír–. Admito que no esperaba una cosa así de ti. Creía que ibas a decir…

Pero se interrumpió. Llevaban nueve meses trabajando juntos y sabía muy poco de ella.

–¿Qué creías que iba a decir? –preguntó ella. Y a sus ojos castaños asomó una chispa de curiosidad.

–No lo sé, la verdad. No te imagino tomando un avión a París para ir de compras o tumbada al sol en un yate –Harper no era una mujer frívola–. Quizá… ¿una visita a un museo?

A Harper no pareció hacerle mucha gracia la sugerencia.

–Estoy algo cansada de que la gente me eche en cara que soy demasiado seria.

Evidentemente ese era un punto flaco de Harper.

–¿Quién es todo el mundo?

–Mi familia. Mis antiguas compañeras de colegio. No sé, pero a mí no me parece que la vida sea un juego.

–Tampoco es solo trabajo –respondió Ashton.

–¡Vaya, habló el que nunca trabaja! –exclamó Harper sin poder contener la irritación.

–¡Qué sorpresa, estás sacando las uñas!

Harper se lo quedó mirando consternada.

–Yo no he sacado las uñas.

–Eso es porque no has visto la cara que has puesto.

–Está bien, confieso que estoy algo estresada. Pero, para que lo sepas, no es fácil trabajar contigo.

–Quizá no sea fácil trabajar conmigo –concedió Ashton–. Pero cuando quieras divertirte un poco, llámame.

Harper se lo quedó mirando con las cejas arqueadas y la boca abierta. La invitación no había sido, en principio, una insinuación sexual; pero al ver la chispa de esperanza que había asomado a los ojos chocolate de ella, su percepción de la situación cambió radicalmente.

—No tengo tiempo…

—Para divertirte —concluyó él—. Sí, lo sé, lo has dicho.

En la adolescencia, Ashton se había juntado con delincuentes. Aprender a interpretar hasta la mínima expresión le había ayudado a sobrevivir. El hecho de que no hubiera notado antes que Harper era, en el fondo, una mujer sumamente apasionada, solo demostraba lo falto de práctica que estaba.

Había llegado el momento de despertar y prestar atención.

Harper se aclaró la garganta.

—Volviendo a Cole…

—Le contrataré a cambio de que aceptes salir una noche conmigo —ahora sí estaba coqueteando.

Harper se llevó las manos a las caderas e hizo una mueca.

—Hace cinco minutos no querías saber nada de él.

—Hace cinco minutos no sabía las ganas que tienes de correr una aventura.

—Estoy encantada de estar donde estoy.

—Teniendo en cuenta que uno de tus sueños es ir en camello por el desierto y dormir en una tienda de campaña, no puedes pedirme que me crea que estás satisfecha con la vida que llevas.

–No es uno de mis sueños, solo algo que se me ha ocurrido de repente. Me había acordado de uno de los episodios de tu programa de televisión.

–¿Ves mi programa con asiduidad?

–Antes de entrar en negocios con una persona, hago averiguaciones.

Cosa de sentido común, pero él esperaba que no se tratara solo de eso.

–¿Y tus averiguaciones incluían ver episodios de El Cocinero Errante? Me sorprende que no te interesara más averiguar el estado de mis finanzas o cómo me van los otros cuatro restaurantes que dirijo.

–He hecho ambas cosas. Y también hablé con algunos de tus empleados y con varios miembros del equipo de tu programa. Como ya he dicho, hago bien mi trabajo.

Era evidente que Harper sabía más de él que él de ella. Y eso le molestaba.

–En ese caso, deberías saber que cuando digo que contrataré a alguien que te guste a ti, lo haré.

–A cambio de una noche conmigo –le recordó ella en voz baja.

–Te he invitado a salir, nada más –Ashton no puedo evitar una carcajada–. Estás equivocada si piensas que me puedes comprar con el sexo.

Harper enrojeció al instante.

–No he querido decir eso –protestó ella.

–Yo creo que sí, que ha sido un desliz freudiano –insistió Ashton–. Me deseas, lo que pasa es que no te atreves a admitirlo.

–Lo único que quiero es que contrates a un jefe

de cocina y que le enseñes a cocinar como quieres que lo haga con el fin de no tener que preocuparme de nada cuando te vayas.

Harper había recurrido a la exasperación, pero no le engañaba.

–La oferta sigue en pie. Acepta salir conmigo una tarde y contrato a Cole.

–¿Por qué quieres pasar una tarde conmigo? –preguntó ella confusa.

–Porque creo que te interesará probar los platos que he pensado para el restaurante.

–¿Y eso es todo?

–Naturalmente.

Harper le miró en silencio unos segundos antes de responder:

–Contrata a Cole. Necesitas un jefe de cocina competente mientras te dedicas a representar tu papel de famoso –tras esas palabras, Harper giró sobre sus talones, se acercó a la bolsa de él y la agarró–. Me quedo con esto a modo de garantía.

Y Harper echó a andar, alejándose de él, llevándose sus ropas. Él la siguió con la mirada.

–Le contrataré –prometió Ashton–. Y vas a pasar una tarde conmigo.

–Probando los platos que prepares –respondió ella andando y sin volver la cabeza.

–Voy a hacer que te resulte una noche inolvidable.

Capítulo Dos

¿Cómo se le había ocurrido llevarse la bolsa de Ashton?, pensó Harper tras cruzar el restaurante camino de su despacho. Ashton debía creer que estaba loca.

Y lo estaba.

Había aceptado pasar una tarde con él. Sin duda, se trataba de algo más que de probar un menú. Lo que significaba que se había metido en un buen lío. Se le hacía la boca agua solo de pensar en ser la beneficiaria de los milagros culinarios de Ashton. Siempre y cuando fueran los únicos milagros a los que él la sometiera, sobreviviría a la velada sin hacer el ridículo. Pero si Ashton decidía poner a prueba sus niveles de resistencia, su profesionalidad correría un gran riesgo.

Harper había pasado los últimos nueve meses quejándose de que el verdadero Asthon Croft no era tan maravilloso como la imagen que proyectaba en televisión. Pero eso no era completamente cierto. En televisión, Ashton era carismático y divertido, en persona no era menos atractivo. Además, la serie no transmitía la viril energía de ese hombre, su sensualidad.

La mayor parte del tiempo Harper se quejaba de

lo frustrante que él le resultaba. Le aterrorizaba dejarse subyugar por los irresistibles hoyuelos de sus mejillas al sonreír. Si él se daba cuenta de la facilidad con la que podía conquistarla...

Harper sacudió la cabeza. No iba a acostarse con Ashton Croft.

El olor a tabaco la sacó de su ensimismamiento.

Harper entró en su despacho, dejó la bolsa de Ashton al lado de la puerta y miró alrededor. La bolsa de viaje de su madre estaba encima del sofá azul cielo, la mitad del contenido desparramado. Había un paquete de cigarrillos encima de la mesa y al lado un vaso de cristal con una marca de carmín en el borde. Una elegante gabardina colgaba del respaldo de su silla. Sí, su madre se había instalado.

Penélope Fontaine estaba de pie junto a la ventana que daba a La Franja de Las Vegas, tenía la mano reposando en la garganta, como protegiendo el collar de perlas que llevaba. Un hilo de humo se elevaba del cigarrillo que sujetaba entre los dedos de la otra mano. Llevaba un vestido Chanel blanco y negro, el cabello rubio recogido en un moño, su aspecto era elegante y distante.

De repente, Harper recordó el día que sus padres le explicaron que iban a separarse: su madre necesitaba vivir en Florida por motivos de salud; ella iba a quedarse en Nueva York con su padre. Lo que había significado quedarse sola con los empleados de la casa, ya que Ross Fontaine se había pasado la vida evitando la oficina principal de la empresa, en Nueva York, y también a su padre. Con tantos hoteles y complejos turísticos como tenía la familia, tanto en Estados Unidos como en el extranjero, Ross Fontaine podía hacer más o menos lo que quisiera sin que Henry Fontaine, su padre, se enterase.

–Mamá, te agradecería que no fumaras en mi despacho –dijo Harper acercándose a Penélope, dispuesta a arrebatarle el cigarrillo si no le hacía caso.

–Perdona, Harper –Penélope se acercó a la mesa y tiró el cigarrillo al vaso vacío–. Ya sabes que cuando estoy disgustada vuelvo a fumar.

–¿Qué te pasa?

–Necesito que me ayudes –declaró Penélope.

Harper, que no sabía si su madre se estaba poniendo trágica o si realmente tenía problemas, la miró fijamente y entonces le notó un claro enrojecimiento alrededor de los ojos.

–Has estado llorando. ¿Qué te ocurre?

–Ha pasado algo terrible –Harper notó gravedad en el tono de voz de su madre–. ¿Por qué si no iba yo a venir a una ciudad como esta? Y como sé que no ibas a venir a Florida…

–Estoy muy ocupada con el hotel en estos momentos. Dime, ¿por qué no has acudido al abuelo?

Penélope se tocó el brillante de diez quilates que lucía en la mano izquierda, a pesar de que su marido había fallecido hacía cinco años. ¿Por qué iba a quitárselo, cuando lo había llevado durante los dieciocho años que estuvo separada de Ross Fontaine?

–Henry no puede ayudarme en esto.

–¿Y yo sí? –preguntó Harper con incredulidad.

Su madre jamás había acudido a ella. Penélope tenía la idea de que solo los hombres podían solucionarle los problemas. Las mujeres eran un adorno para los hombres, su papel consistía en ser guapas y hacer gala de buenos modales, no en dirigir empresas de miles de millones de dólares.

–Eres la única persona que puede hacerlo.

Harper llevaba toda la vida esperando a que su madre reconociera que ella era una mujer con poder e inteligencia. El hecho de que Penélope hubiera acudido a ella era, en realidad, una victoria.

–¿Qué es lo que necesitas?

–Dinero.

Su madre recibía de la empresa familiar una considerable pensión mensual. ¿Qué necesitaba comprar como para que le resultaba imposible acudir a su abuelo?

–¿Para qué?

–Me están haciendo chantaje.

–¿Has ido a la policía?

Penélope miró a su hija como si acabara de sugerirle que se pusiera a trabajar.

–No. Es un asunto privado.

–El chantaje es ilegal.

–No estoy dispuesta a que mi vida acabe siendo de dominio público.

–Sé que para ti las apariencias son lo primordial, pero ¿quién te puede asegurar que el chantajista no va a divulgar la información que tiene de ti después de que le pagues?

–Me ha prometido que no lo hará –respondió

Penélope, aparentemente sorprendida de que su hija fuera tan tonta–. He venido aquí porque creía que ibas a ayudarme.

Harper contuvo un suspiro.

–¿Cuánto necesitas?

–Trescientos cincuenta mil dólares.

Harper se quedó sin habla.

–¿Qué es lo que has hecho?

Penélope se sintió ofendida.

–Eso no es asunto tuyo.

–Perdonad la interrupción –dijo Ashton entrando en el despacho.

Demasiado sorprendida por lo que su madre le había dicho como para reaccionar ante la intrusión, Harper se quedó inmóvil mientras le veía acercarse. Ashton miró a Penélope y Harper se preguntó si estaría comparando a la madre con la hija.

–¿Harper? –la voz de su madre la hizo ponerse en pie.

–Mamá, te presento a Ashton Croft, el cocinero. Es el genio creativo detrás de Batouri. Ashton, esta es mi madre, Penélope Fontaine.

–Encantada –murmuró Penélope ofreciéndole la mano.

Harper se contuvo al ver a Ashton regalarle una de sus famosas sonrisas a su madre mientras le estrechaba la mano.

–Es un placer trabajar con su hija.

Le hacía gracia el efecto que la deslumbrante personalidad de Ashton estaba teniendo en su madre. Aunque normalmente no se rendía a los encantos de nadie, Penélope parecía haberse olvidado de la cuestión del chantaje que la había llevado hasta allí para solicitar la ayuda de su hija.

–¿Querías algo? –le preguntó a Ashton.

–Mi ordenador portátil –respondió él–. Tengo una videoconferencia dentro de diez minutos.

–Está ahí –Harper señaló la bolsa negra.

Ashton se inclinó sobre la bolsa, abrió una cremallera lateral y sacó un delgado portátil plateado. Entre tanto, ella siguió con la mirada todos y cada uno de los movimientos de su atlético cuerpo. Ashton era todo lo contrario a ella: activo físicamente, desconcertante y excitante.

–No te lleves la bolsa –ordenó Harper con voz ronca–. Todavía tengo asuntos pendientes contigo.

Ashton esbozó una media sonrisa.

–De acuerdo.

Harper le sostuvo la mirada, negándose a echarse atrás ni a explicar lo que había querido decir. Quizá también le asustaba hacerse a sí misma esa pregunta.

–Pregúntale a Mary qué sala de conferencias está libre.

–De acuerdo.

–Y ven a verme cuando acabes. Quiero saber cómo han ido las cosas con Cole.

–Será un placer contártelo. ¿Vas a estar aquí?

Harper miró a su madre.

–No te lo puedo decir todavía. Pregúntale a Mary. Ella me localizará sin problemas.

Ashton asintió y salió del despacho.

–¿Has contratado a ese hombre tan desaliñado para que se encargue de tu restaurante?

A Harper le habría ofendido la crítica de su madre de no ser porque la había visto pestañear coquetamente mientras hablaba con él.

–Ashton acaba de volver de Indonesia, donde ha pasado cuatro meses.

–¿No has dicho que era cocinero? ¿Qué estaba haciendo en Indonesia?

–Filmar una serie de televisión: El Cocinero Errante –Harper esperó a ver si su madre reconocía el título de la serie–. Viaja por todo el mundo y habla de la cocina local, de la historia de lejanos países y de sus problemas socioeconómicos.

–No veo mucho la televisión, es deprimente.

Harper no se molestó en llevarle la contraria a su madre, Penélope vivía en una burbuja: jugaba al golf por las mañanas, almorzaba con amigas y se iba de compras; el resto del día lo empleaba en asistir a actos culturales o a la filantropía. Solo interrumpía esas actividades para ir a ver a su madre o para cambiar la decoración de su casa.

–La serie es muy famosa.

–Supongo que sabes lo que haces –respondió Penélope en tono desdeñoso, como si ese tema de conversación hubiera dejado de interesarle–. ¿Cuándo podrás darme el dinero que necesito?

–Llamaré al banco para que traspasen el dinero a tu cuenta tan pronto como me digas quién te está chantajeando y por qué.

–Soy tu madre, merezco un respeto.

Antes de que Harper pudiera contestar, Mary se presentó en el despacho.

–Tu abuelo está al teléfono, y Carlo ha llamado para avisarte de que Cole quiere hablar contigo lo antes posible –Mary enfatizó lo último.

–Dile que iré a verle tan pronto como hable con mi abuelo. No creo que tarde más de diez o quince minutos.

Penélope le agarró el brazo cuando Harper fue a levantarse del asiento.

–No le digas nada a Henry.

–¿Por qué no cenamos juntas esta noche y me lo cuentas todo? –sugirió Harper en un intento por apaciguar a su madre–. Necesito saber algo más del asunto antes de darte el dinero.

–Pero vas a ayudarme, ¿verdad? –preguntó Penélope mirando con ansiedad a su hija.

–Por supuesto –Harper apartó los ojos de su madre y los clavó en su secretaria.

Mary había esperado pacientemente. Al ver que Harper volvía a centrar la atención en ella, se conectó el auricular que llevaba en el oído y dijo vía telefónica:

–Ahora mismo contesta a su llamada. Está bien, se lo diré –entonces, se volvió a Harper y explicó–: Tu abuelo ha tenido que contestar a una llamada. Te telefoneará a las cuatro de la tarde.

–Gracias, Mary –Harper se volvió a su madre–. Tengo que encargarme de unos asuntos, no creo que me lleven más de veinte minutos.

Penélope se miró el reloj.

–Tengo cita para hacerme la manicura dentro de media hora.

A Harper no le extrañó que su madre recurriera a un tratamiento de belleza en mitad de una crisis. Por mal que le fueran las cosas, Penélope jamás descuidaba su aspecto físico.

–Mary te ayudará a instalarte en una suite del hotel. Pediré que nos sirvan allí la cena a las siete. Hablaremos entonces.

Ashton se encontraba en la sala de conferencias del hotel Fontaine Ciel de espaldas a la gran pantalla que colgaba de la pared opuesta a la de la puerta que daba al pasillo. Los ejecutivos de la cadena de Nueva York no se habían dado cuenta de que estaban conectados y de que él estaba enterándose de cosas muy útiles e interesantes.

Llevaba casi cinco meses de negociaciones con la cadena Lifestyle Network para producir una nueva serie. Dicha cadena quería realizar un programa de cocina con él de protagonista; al menos eso era lo que su representante, Vince, creía.

Ashton estaba de acuerdo en que era una buena decisión profesional, algo que llevaba en mente desde hacía ocho años. Le permitiría vivir en Nueva York y no tendría que volver a viajar en condiciones cuestionables a lugares en los que nadie en su sano juicio querría vivir.

Era una pena que le gustaran tanto esos lugares alejados que visitaba. Aunque, a decir verdad, Lifestyle Network no le había pedido que dejara El Cocinero Errante. Según él, no había motivo por el que no pudiera trabajar en ambos programas. Llevaba haciendo El Cocinero Errante seis años y el programa seguía siendo muy popular; por lo tanto, dejarlo no tenía sentido.

–Croft, ¿está listo? ¿Podemos empezar ya?

Ashton giró en la silla y sonrió al grupo en la pantalla.

–Cuando ustedes quieran, caballeros.

Su representante estaba asistiendo a la videoconferencia desde su oficina en Los Ángeles. La expresión de Vince no traicionaba las reservas que había expresado en su charla con él la noche anterior, pero tampoco se le veía tan relajado como de costumbre. Ese programa podía transformarle de un famoso chef a una marca. A partir de ese momento, las posibilidades eran infinitas.

–Señor Croft –dijo Steven Bell, un ejecutivo de nivel medio y portavoz del grupo en las negociaciones. Un hombre de mediana edad y aspecto conservador con una habilidad especial para inventarse problemas y poco más–. Tenemos pensado inaugurar el programa a finales de febrero, y nos gustaría empezar a filmar dentro de tres semanas. ¿Le parece bien?

–Sí, muy bien.

Ashton notó un intercambio de miradas entre los ejecutivos.

–Nos han informado de que su restaurante en el hotel Fontaine va con retraso –dijo uno de los ejecutivos, al que Ashton le había puesto el mote Naranja por la crema bronceadora que utilizaba.

–No es cierto. Va a abrir dentro de dos semanas.

–¿Y funcionará independientemente de usted desde el principio?

Ashton sabía lo que pasaba. Vince le había advertido de que, como él no estaba dispuesto a renunciar a El Cocinero Errante, los de la cadena estaban entrevistando a otros cocineros con el fin de presionarle.

–Voy a dejar el restaurante en buenas manos. He ofrecido a Dillon Cole el puesto de jefe de cocina –pero no dijo que Cole aún no había aceptado el trabajo.

–Es de Chicago, ¿no es cierto? –preguntó otro de los ejecutivos.

Ashton asintió.

–Sí, un cocinero de gran talento –respondió Ashton con honestidad, a pesar de haberle criticado hacía un rato.

Lo que ocurría era que Ashton no estaba seguro de que fuera el cocinero adecuado para Batouri, pero no tenía ya muchas alternativas. Si quería trabajar en el nuevo programa de televisión necesitaba tiempo libre para ello.

–Nos gustaría que viniera un par de días a Nueva York la semana próxima. Creemos conveniente que visite el plató en el que se va a trabajar y también querríamos hacer algunas pruebas.

–¿Qué días tienen pensado?

–El miércoles y el jueves. ¿A las dos de la tarde?

Harper iba a estrangularle si se enteraba.

–Ahí estaré.

–Se lo agradecemos.

Tras las despedidas, los ejecutivos se desconectaron, por lo que Vince y él pudieron intercambiar opiniones entre ellos dos.

–Esos sinvergüenzas no están facilitando las cosas, ¿verdad?

–¿Esperabas que lo hicieran? –dijo Ashton–. No son de una cadena cuyos programas se centran en viajes y cuya audiencia es de unos doscientos mil espectadores. Lifestyle Network tiene una audiencia de más de un millón de espectadores en los programas de menos éxito.

–Lo que esperaba era que estuvieran dispuestos a facilitarte las cosas. Al fin y al cabo, lo que quieren es un cocinero con atractivo, ya que sus programas de cocina están perdiendo audiencia, al contrario de lo que ocurre con los de decoración.

–¿Tienes idea de por qué?

–Según mi mujer y mi hija, es por los carpinteros macizos que contratan.

Ashton sonrió.

–¿Quieres decir que les interesan menos mis cualidades culinarias que mi impresionante físico?

–¿Tú qué crees?

–Que deberíamos pedir más dinero.

–Quizá debería sugerirles que hicieras el programa desnudo de cintura para arriba.

–Ni se te ocurra mencionarlo, que son capaces de todo –comentó Ashton.

–En fin, lo mejor será que abras el restaurante ese en Las Vegas lo antes posible; de lo contrario, lo que te pongas va a dar igual, porque no te van a dar el trabajo.

–Por cierto, ¿se han puesto en contacto contigo los de Phillips para hablarte de las propuestas que les hice respecto a los lugares de rodaje de la próxima temporada de la serie?

Además de estar de negociaciones con Lifestyle Network, también lo estaba con Phillips Consolidated Network respecto a la séptima temporada de El Cocinero Errante. Los de esta cadena querían que la siguiente temporada de la serie se rodara en África. Alegaban que, ya que él era de Sudáfrica, sería un placer para él filmar allí. Sin embargo, le ocurría todo lo contrario; pero como no les había dado una versión honesta y sincera de su vida allí, no se le ocurría una excusa creíble para disuadirles.

–Han rechazado Inglaterra de plano. Al parecer, el nivel de audiencia aumenta cuanto más alejado está el país donde se rueda. La temporada en Indonesia ha tenido un gran éxito.

–¿Y Sudamérica? Podría grabar en Brasil seis o siete episodios.

–Han dicho que eso quizá el año que viene. En mi opinión, si quieres seguir haciendo el programa vas a tener que irte a Sudáfrica. Por supuesto, todo depende de si Lifestyle Network cede a no retenerte en exclusiva.

Desacuerdos con los productores de El Cocinero Errante le habían obligado a entrar en negociaciones con Lifestyle Network. Él quería ampliar su horizonte profesional, y la nueva serie le abriría muchas puertas; pero, por otra parte, necesitaba aventuras y viajar a lugares lejanos y exóticos. Por eso quería hacer las dos cosas, no verse forzado a elegir entre pasión y ambición profesional.

–La verdad es que no quiero ir a África.

–Vamos, hombre, no será para tanto. Todavía tienes familia allí, ¿no?

–Sí –la verdad era que no sabía si sus padres aún vivían o no. Hacía que no hablaba con ellos desde los quince años, cuando se marchó de casa. En veinte años podían haber ocurrido muchas cosas, especialmente en un lugar como en el que sus padres trabajaban de misioneros.

Oyó abrirse la puerta a sus espaldas y notó el cambio en la actitud de Vince: el representante se se pasó una mano por los rubios cabellos. Volvió la cabeza y vio a Harper, que entraba en la sala con cara de pocos amigos.

–Bueno, tengo que dejarte, Vince. Hablamos.

Ashton cortó la conexión.

–Gracias por dejarme el equipo para la videoconferencia –le dijo a Harper.

–Cole me ha comunicado que no va a ser nuestro jefe de cocina.

–Le he ofrecido el trabajo, como tú me habías dicho que hiciera.

–Quería que le contrataras.

–Y, al parecer, se lo ha pensado mejor –contestó Ashton.

–¿Y ahora qué?

–Me tienes a mí.

–Necesito a alguien permanentemente. ¿Cuándo te vas a ir de viaje otra vez?

La semana siguiente, pero no iba a decirlo.

–No te preocupes. Cuento con alguien a quien he enseñado y va a venir mañana.

–¿Quién es?

–Se llama Dae Tan. Lo conocí hace unos meses y le ayudé a salir de un lío.

–¿Qué lío? –el escepticismo de Harper era más que evidente.

–Le arrestaron por algo que no hizo.

–¿Y estás seguro de que era inocente?

–Completamente seguro. Después del incidente, viajó conmigo y le he estado preparando como cocinero todo ese tiempo.

–¿Por qué no ha venido contigo hoy?

–Quería ver Los Ángeles. Está obsesionado con las estrellas de cine.

Harper le miró con expresión de no fiarse de él.

–¿Dónde ha trabajado? ¿Será capaz de soportar la tensión de un restaurante como Batouri?

–Sí. Es un chico con mucho talento.

–¿Un chico? ¿Qué edad tiene?

–Veinticinco o veintiséis.

–¿Estás de broma? –Harper se acercó a él–. ¿Has descartado a cocineros con veinticinco años de experiencia y ahora me dices que quieres contratar a alguien que solo lleva un par de años, a lo sumo, cocinando?

–Meses, no años –le corrigió Ashton–. Cuando le conocí solo sabía de cocina lo más rudimentario.

Harper cerró los ojos y respiró hondo. Cuando volvió a abrirlos, no parecía haberse calmado.

–Estás loco si crees que voy a aceptar.

–No tienes alternativa.

–Eso ya lo veremos –Harper se cruzó de brazos–. Se te ha olvidado que tenemos un contrato firmado por los dos.

–Yo también tengo interés en que este restaurante sea un éxito –le recordó Ashton.

–En ese caso, demuéstralo.

El problema era que tenía los ojos puestos en muchas cosas.

–Ve a hablar con Cole y convéncele de que acepte el puesto de jefe de cocina de Batouri –añadió ella– antes de que se monte en un avión mañana para regresar a Chicago. Os he reservado mesa en Fontaine Chic a las siete de la tarde para que cenéis juntos y habléis. Con un poco de suerte, no os gustará la comida y tendréis algo en común de lo que charlar.

–¿Y cuándo vamos a salir tú y yo?

Harper le dedicó una fría sonrisa.

–Cuando Cole acepte el trabajo, me dejaré dos horas libres para dedicártelas en exclusiva.

–Que sean tres.

Capítulo Tres

Después de haber solucionado el problema del jefe de cocina, al menos por el momento, y con su madre en el salón de belleza, Harper se miró el reloj y vio que, milagrosamente, disponía de tiempo libre.

Mientras trataba de imaginar qué había hecho su madre para ser víctima de un chantaje, empezó a pasearse por el hotel, cuyos techos representaban el firmamento, de ahí su nombre. El techo del vestíbulo era azul claro y tenía nubes pintadas; según la hora del día, la iluminación iba cambiando: del amanecer al anochecer. El techo del casino era azul oscuro y decorado con miles de lucecillas que evocaban las estrellas que podían verse en el firmamento de Las Vegas.

Era un concepto sencillo y magistralmente ejecutado. Estaba orgullosa de sus logros. Pero ese día no conseguía experimentar el placer que solía producirle la contemplación de sus dominios.

Se miró el reloj. Disponía de dos horas. Podía ir a su suite y hacer algo de ejercicio o podía ir a hablar con Scarlett.

Cinco años atrás, cuando su abuelo le dio la noticia de que tenía dos hermanastras, lo que sintió fue ira, tristeza y… excitación. Apenas contaba once años cuando se enteró de que su padre era un mujeriego, pero solo hacía cinco años que descubrió que las actividades extramaritales de su padre habían repercutido en otras vidas aparte de las de su madre y de ella.

Un corto paseo por los puentes que conectaban los tres hoteles Fontaine condujo a Harper a Fontaine Richesse, el hotel de Scarlett. Fue al casino a buscar a su hermana y la vio enseguida. Scarlett irradiaba carisma enfundada en un vestido de época verde esmeralda y con la larga melena castaña escondida en una peluca típica de los años veinte.

Todos los empleados del casino parecían salidos de una película de los años cuarenta o cincuenta: hombres vestidos con elegantes esmóquines, trajes o uniformes militares de la Segunda Guerra Mundial; las mujeres lucían trajes de noche.

A Harper, al principio, la idea de representar la edad dorada del cine de Hollywood no le había parecido buena, pero había subestimado la genialidad de su hermana. El casino estaba abarrotado. Muchos de los clientes también habían adoptado trajes de la época. Se daban premios a los mejor vestidos y también a los que adivinaban a qué película pertenecía la vestimenta de alguna camarera o crupier en particular.

Scarlett sonrió encantada cuando un hombre se le aproximó y adivinó a quién hacía referencia su atuendo:

–¿Cyd Charrise en *Cantando bajo la lluvia*?

–Exacto –Scarlett le dio una tarjeta al hombre para que la cambiara por dinero.

Cuando el hombre se alejó, Scarlett vio a su hermana.

–¡Vaya, qué sorpresa!

–Estás guapísima –dijo Harper contemplando con admiración el vestido y los zapatos de satín verdes–. ¿Vas de estreno?

–Sí, la primera vez que me lo pongo. Esta vez, Laurie merece una medalla –Scarlett era muy amiga de la famosa modista de Hollywood, que era quien le hacía la ropa para el casino.

–Estoy totalmente de acuerdo.

Al principio de conocer a Scarlett, Harper había subestimado a la antigua niña actriz. Le había sorprendido que su abuelo hubiera ideado ese concurso entre sus tres nietas. ¿Qué podía saber Scarlett de dirigir un hotel de lujo? Y, por supuesto, mucho menos un conglomerado empresarial del tamaño de Fontaine Hotels and Resorts. Pero ahora, cinco años después, admiraba la creatividad y el trabajo de Scarlett. Su hermana se conocía muy bien a sí misma y sabía para qué valía.

–¿Tienes tiempo para tomar una copa conmigo? –preguntó Harper, notando al instante la sorpresa de Scarlett.

Harper era la adicta al trabajo de la familia. Apenas se tomaba un segundo para relajarse, tomar una copa o salir a cenar.

–Para ti siempre.

Se sentaron en una mesa apartada en el bar.

Scarlett pidió dos copas de vino, y cuando les sirvieron, preguntó:

–¿Qué te pasa, Harper?

Harper bebió un sorbo antes de responder.

–¿Por qué crees que...? –pero instantáneamente vio que Scarlett no se iba a dejar engañar–. No quiero que pienses que solo he venido porque necesito ayuda.

–Me da igual el motivo por el que hayas venido –Scarlett esbozó una sonrisa–. Me alegro de que Violet esté fuera de la ciudad con J. T. De estar aquí, sé que habrías ido a verla a ella antes que a mí.

–Eso no es justo –pero probablemente cierto. Por mucho que quisiera a su hermanastra, no siempre se sentía a gusto con Scarlett.

Eran muy distintas. Scarlett era una mujer despampanante, deslumbrante y sumamente atrevida en sus relaciones con los hombres. ¿Acaso no había logrado manejar a Logan Wolfe hasta el punto de transformar al experto en seguridad de los sistemas informáticos en un osito de peluche? Y había hecho lo mismo con ella misma, se había ganado su confianza completamente, algo que ella no otorgaba sin reservas.

–De acuerdo, tengo un problema –concedió Harper–. Pero no tienes razón respecto a que habría acudido a Violet antes que a ti. Si Violet estuviera aquí, habría hablado con las dos.

–Debe tratarse de algo muy serio –Scarlett volvió a sonreír–. ¿Se trata de Ashton Croft? He oído que está aquí.

–No, no se trata de él.

–Te sugiero que te acuestes con él.

–¿Qué? –Harper maldijo el calor que le subió a las mejillas–. No voy a acostarme con Ashton. Nuestra relación es estrictamente profesional.

–Deberías pensarlo bien. Sé que te gusta. Tiene pinta de ser una fiera en la cama.

Harper vio que era necesario evitar que Scarlett siguiera con ese tema.

–Están chantajeando a mi madre.

De repente, Scarlett palideció.

–¿Que le están chantajeando? ¿Por qué?

–No lo sé. No quiere decírmelo.

–¿Sabe quién le está chantajeando?

Harper sacudió la cabeza.

–Es todo una locura. Mi madre, la perfecta Penélope Fontaine. No puedo imaginar qué ha podido hacer como para que la chantajeen.

–¿Cómo te has enterado?

–Ha venido a verme para pedirme dinero.

–¿Cuánto?

–Trescientos cincuenta mil dólares.

–Es mucho dinero –dijo Scarlett.

–Debe haber hecho algo terrible para que le pidan tanto dinero.

–Por lo que me has contado, tu madre no es muy consciente de lo que valen las cosas –comentó Scarlett–. ¿Está segura de que el objeto del chantaje vale tanto?

–Con mi madre nunca se sabe.

–¿Podría tratarse de una evasión de impuestos?

–No, imposible. El abuelo se encarga de sus finanzas.

–Supongo que no quiere acudir a la policía –dijo Scarlett, sin equivocarse.

–No, no quiere acudir a la policía porque el chantajista ha amenazado con descubrir lo que sea que ha hecho.

–Si necesitas dinero, no tienes más que decírmelo.

A Harper le enterneció el gesto de su hermanastra.

–Gracias, pero no necesito dinero. No he venido por eso.

–Entonces, ¿por qué?

–Necesitaba desahogarme, por eso he venido a hablar contigo. Quería tranquilizarme un poco antes de ir a cenar con mi madre.

Harper nunca hablaba de la relación entre ella y su madre, pero sus dos hermanas sabían que Penélope la había dejado en Nueva York al irse a vivir a Florida. No era difícil llegar a la conclusión de que la relación entre madre e hija era distante.

–Déjame que hable con Logan –sugirió Scarlett–. Quizá él o Lucas puedan ayudar.

–No creo que nadie pueda ayudar.

–¿Qué dices? Logan y su hermano son expertos en vigilancia y seguridad, estoy segura de que no les costará mucho descubrir quién está chantajeando a tu madre. Y si no lo consiguieran antes de que ella entregue el dinero, lograrán descubrir a manos de quién ha ido a parar.

De repente, Harper se sintió mucho mejor. Impulsivamente, abrazó a Scarlett.

–No sé qué haría sin ti y sin Violet.

–Me alegro de que digas eso. No siempre me ha parecido que estabas contenta con que apareciéramos en tu vida.

La declaración de Scarlett le despertó arrepentimiento a Harper.

–Siento mucho haber dado esa impresión. Al principio no me resultó fácil aceptaros como hermanas. Llevaba sola toda la vida y mis padres no eran precisamente cariñosos. No comprendía lo que significaba formar parte de una familia.

–Espero que ya no sea así.

–No lo es. Violet, tú y el abuelo sois las personas a las que más quiero en el mundo –al ver los preciosos ojos verdes de Scarlett llenarse de lágrimas, Harper se arrepintió de no haber hecho esa confesión mucho antes–. Si os he hecho sentir mal, lo siento de verdad. He estado tan ocupada con Fontaine Ciel que me he olvidado de mis hermanas.

Scarlett hizo ademán de no darle importancia y se secó los ojos con una servilleta.

–No es necesario que digas nada, sabemos que nos quieres.

Harper decidió en ese momento ser más abierta con sus hermanas. No iba a resultarle fácil, ya que estaba acostumbrada a contener sus sentimientos. Sus padres nunca habían sido cariñosos. En el colegio, había liderado a sus compañeras de clase, a veces utilizando sus poderes de persuasión y otras veces a la fuerza, lo que no le había ganado el cariño de sus compañeras. Pero eso no le había importado si se sometían a ella; al menos, eso era lo que se había dicho a sí misma.

—Deja que llame a Logan, a ver qué sugiere que hagamos.

—No creo que quiera intervenir en este asunto —comentó Harper con una débil sonrisa.

—Eso ya lo veremos.

Scarlett le había dado a su novio muchos quebraderos de cabeza con unos archivos que había heredado de Tiberius Stone, el padre sustituto de Violet. Al propietario del casino lo habían asesinado un concejal que había malversado fondos de los contribuyentes a la campaña electoral. Tiberius había acumulado una gran cantidad de información sobre actividades ilícitas de mucha gente, incluido su cuñado, el hombre que había suplantado a Preston Rhodes, un rico huérfano de California. Violet había ido a Miami decidida a llevarle a los tribunales con el fin de ayudar a su marido a recuperar la empresa de su familia.

—Me ha saltado el buzón de voz —dijo Scarlett. Después de dejar un breve mensaje, cortó la comunicación—. No tardará en llamarme. ¿Quieres esperar a que lo haga?

Harper iba a decir que sí, pero de repente recordó la bolsa de Ashton.

—No puedo. Tengo que devolver una bolsa.

Scarlett asintió.

—Te llamaré tan pronto como hable con Logan.

Entre tanto, intenta convencer a tu madre de que espere un poco.

—Así lo haré.

Harper se despidió de Scarlett y regresó a su despacho. Mary se había ido ya y había cerrado con llave, por lo que abrió, agarró la bolsa y envió un breve mensaje a Ashton al móvil para decirle que iba a dejar su bolsa en Batouri. Al llegar al restaurante, se encontró a Ashton sentado a una mesa.

Cuando la puerta del restaurante se abrió, Ashton estaba tomando un whisky. El tercero. Mejor no continuar a ese ritmo o la cena con Cole no iba a ir como Harper esperaba.

Sonrió ante la rapidez con que Harper le vio. A ella le ocurría lo mismo que a él, se gustaban. Por supuesto, Harper disimulaba muy bien. Pero él estaba deseando despojarla de la máscara de profesionalidad con la que se protegía y revelar la apasionada mujer que ocultaba.

—¿Qué te trae por aquí? —Ashton bebió otro sorbo de whisky que le quemó el pecho.

—He venido a devolverte la bolsa.

—Todavía no he conseguido hacer que Cole cambie de opinión. ¿Seguro que no quieres quedarte con ella hasta que el asunto se solucione? Podría ir a recogerla a tu suite más tarde.

Harper dejó la bolsa al lado de la mesa.

—No estoy de humor —dijo Harper, clavando los ojos en el vaso de whisky y luego en sus labios.

A Ashton le dio un vuelco el corazón.

–¿Querías decirme algo?

–No.

–¿Estás segura?

De repente, Harper le quitó el vaso, se lo llevó a los labios y bebió un trago. Después, se relamió y sonrió con expresión pensativa y distante.

–A mi abuelo le encanta el whisky –declaró ella.

Después, dejó el vaso encima de la mesa y se volvió para marcharse.

–Se me da muy bien escuchar a la gente –Ashton no hacía gala de sus virtudes, pero una de ellas era prestar atención a sus interlocutores. Sin embargo, ¿confiaba Harper en él lo suficiente como para hablarle de sus problemas?

Harper vaciló antes de volverse de nuevo a él.

–Mi madre me ha hecho una visita sorpresa, no la esperaba.

Ashton se relajó, después de darse cuenta de que había estado conteniendo el aliento.

–Me he dado cuenta de que la atmósfera entre las dos no era precisamente cálida.

–¿Tienes tú buenas relaciones con tus padres?

Ashton negó con la cabeza.

–Me marché de casa a los quince años y desde entonces no sé nada de ellos.

–He leído todo lo que se ha escrito sobre ti y me parece que no es eso lo que has dicho públicamente.

Ashton sabía que no debía sentirse halagado.

–No hablemos de mí, sino de ti.

Se sostuvieron la mirada unos segundos.

–Mi madre se fue a vivir a Florida cuando yo tenía once años y me dejó en Nueva York con mi padre, que casi no paraba en casa. Me sentó muy mal que se fuera; pero con el tiempo, me alegré de que no estuviera conmigo para criticarme y así poder aprender de mis propios errores.

–No creo que haya muchos a quienes no les hubiera importado que su madre les abandonara.

Harper esbozó una cínica sonrisa.

–No es que no me importara, pero soy realista. Mi madre no me abandonó, simplemente salió de una situación que le resultaba incómoda. Penélope prefiere huir e ir de compras a defender su posición y a luchar –Harper se encogió de hombros–. Está bien, quizá me importara más de lo que me atrevo a reconocer.

–Me alegro de que lo admitas.

–¿Por qué?

–Porque me gustas y todavía no sé por qué.

–¿Que te gusto? –la carcajada entrecortada de Harper no era lo que había esperado.

–Y mucho –admitió Ashton.

–¿Después de pasarme nueve meses quejándome de ti? –Harper sacudió la cabeza–. Creo que intentas camelarme para que me olvide de lo de Cole. Y no lo vas a conseguir.

–Eres muy malpensada –comentó él–. Y, para que lo sepas, creo que he cambiado de opinión respecto a Cole. En cuanto a lo de quejarte de mí, lo entiendo. Este hotel es muy importante para ti y, por lo tanto, también lo es que Batouri sea un éxito. Sería un hipócrita si te criticara por ello.

—Qué generoso.

—Dime, ¿viene tu madre a verte a Las Vegas con frecuencia? —preguntó Ashton cambiando de tema.

—No, nunca. Detesta Las Vegas.

—En ese caso, ha debido venir por algo importante.

—Necesita mi ayuda, sorprendentemente. Siempre que tiene problemas acude a mi abuelo porque es un hombre y, en opinión de mi madre, para eso están los hombres, para cuidar de las mujeres.

—Una opinión muy conservadora.

—Y contraria a la mía. Yo soy una profesional —declaró Harper en tono ligeramente burlón—. Pero según mi madre, debería haberme casado con un hombre rico como mi abuelo y dedicarme a deslumbrar a la alta sociedad neoyorquina del brazo de él.

—Un desperdicio de tu inteligencia.

—Sí, pero a ella la he decepcionado.

—Y te molesta, ¿verdad?

—Sí, me molesta.

Ashton alzó la botella de whisky.

—¿Te apetece otro trago?

—No, gracias, aún tengo que trabajar.

—En ese caso, hasta mañana por la noche.

—Envíame un mensaje por el móvil con lo que te diga Cole. Ah, y gracias por la charla.

Ashton sospechó que a Harper no le resultaba fácil dar las gracias.

—De nada. Y ya sabes donde estoy si me necesitas.

Harper se dio media vuelta y se marchó con paso

45

decidido, y Ashton la miró con admiración mientras se alejaba.

Harper empujó a un lado la lechuga del plato, el olor a tabaco le había quitado el apetito. Tendrían que ventilar la suite durante horas para dejarla lista para el siguiente huésped. Su madre se había negado a hablar del chantaje durante la cena, y ella apenas podía contener la impaciencia. Dejó el tenedor bruscamente en el plato y el ruido sobresaltó a su madre.

–Tenemos que hablar del asunto que te ha traído aquí.

–No quiero hablar.

–Si quieres que te dé trescientos cincuenta mil dólares vas a tener que decirme por qué te están chantajeando.

–No puedo decírtelo.

–¿Has matado a alguien?

–No seas imbécil.

–Menos mal –murmuró Harper al tiempo que se levantaba de la mesa. Se paseó por la estancia mientras decenas de ideas le asaltaban–. ¿Has robado algo?

–No soy una ladrona –Penélope apagó el cigarrillo que tenía en la mano y fue a agarrar otro, pero Harper, adelantándose, le quitó el paquete.

–Ya has fumado bastante.

Su madre le lanzó una mirada furiosa.

–Quieres provocarme para que te cuente algo para lo que no estás preparada.

¿Por qué no?, se preguntó Harper en silencio.

–Trato de adivinar qué puede valer trescientos cincuenta mil dólares.

–En realidad, es un millón.

–¿Un mi…? –Harper estrujó el paquete de cigarrillos.

Penélope hizo una mueca.

–Es poco comparado con las consecuencias.

–¿Qué consecuencias?

–Es cuestión de vida o muerte.

–Mamá, esto es muy serio. Tienes que hablar con el abuelo.

–No puedo. Exigiría que le contara por qué me están chantajeando y no puedo decírselo.

–O me das una pista o le llamo.

Penélope adoptó una expresión de sufrimiento.

–Se trata de unas fotos. Sería terrible si se publicaran.

–No es posible que sea tan terrible.

–Nos destruiría.

–¿A quiénes destruiría exactamente? –preguntó Harper con voz apenas audible.

–A ti y a mí.

Harper se arrodilló al lado de su madre. Entonces, le tomó las manos y le sorprendió lo frías que Penélope tenía las suyas.

–Si me afecta a mí también, tienes que contármelo todo.

–Tuve una aventura amorosa –susurró Penélope, pero sin mirar a su hija. Se veía miedo en su rostro–. Si se supiera…

Penélope se interrumpió y sacudió la cabeza.

–¿Con quién tuviste una aventura? –Harper se preguntó si había en juego algo más que la reputación de su madre.

–Le conocí en una exposición de fotografía de animales salvajes en Londres –Penélope suspiró–. Sus fotos habían ganado varios premios, eran extraordinarias.

–Y tuviste una aventura amorosa con un fotógrafo –a Harper no le costaba imaginar que su madre hubiera tenido una aventura con un duque o un príncipe italiano, pero… ¿un fotógrafo?

–Estaba lleno de vida, era guapo y yo no me cansaba de oírle hablar de África. Incluso había vivido diez meses en la selva para fotografiar a una manada de leones.

Harper no pudo evitar establecer paralelismos entre la aventura de su madre con ese fotógrafo y la fascinación que ella sentía por Ashton. Le provocó angustia pensar que se parecía más a su madre de lo que había imaginado.

–¿Cuándo ocurrió?

–Tu padre pasaba mucho tiempo fuera del país.

–O sea, antes de que os separaseis –¿era por eso por lo que su madre se había ido a Florida? ¿La había rechazado su marido por haberle sido infiel? No parecía justo, teniendo en cuenta las innumerables infidelidades de él–. ¿Se enteró papá?

–Al principio, no. Fui muy discreta. Pero, al final, lo dedujo.

–¿Por qué seguisteis casados papá y tu cuando,

evidentemente, ninguno de los dos queríais estar juntos?

−¿Qué te hace pensar que queríamos divorciarnos? Tu padre se casó conmigo para sellar un trato en virtud del cual Henry iba a comprar los hoteles de mi familia. Fue un matrimonio de conveniencia en el que el amor no tenía nada que ver. Yo tenía seguridad a cambio de ignorar sus amoríos. Además, tu padre no tenía interés en casarse con ninguna de las mujeres con las que se acostaba −Penélope bebió un sorbo de vino−. En cuanto a mi indiscreción… Yo estaba fuera del país, y sabía que no iba a volver a ver al fotógrafo.

Y treinta años después, evitar que aquella aventura amorosa saliera a la luz costaba un millón de dólares. ¿Se trataba solo del rígido código social por el que se regía su madre o había algo más?

−¿Cuánto duró vuestra relación? −preguntó Harper picada por la curiosidad mientras trataba de imaginar a su madre joven, impulsiva y feliz.

Penélope la miró con el ceño fruncido.

−¿Qué importa eso?

¿Cómo era posible que su madre no se diera cuenta de lo fascinante que ella encontraba todo eso? Toda la vida había imaginado a su madre víctima de las aventuras adúlteras de Ross Fontaine, sufriendo porque el orgullo no le permitía divorciarse del hombre que la despreciaba.

−Me cuesta imaginarte… −a Harper no se le ocurrió una forma suave de expresar lo que pensaba, sin que sonara a insulto.

–¿En medio de una sórdida aventura amorosa? –concluyó Penélope.

–Iba a decir feliz.

El brillante que Penélope lucía en la mano izquierda lanzó destellos al restar importancia a lo que su hija había dicho con un ademán.

–Se sobrestima la felicidad.

¿Sí? Harper pensó en sí misma. ¿Era feliz? Quizá se sintiera satisfecha de sí misma; pero, si se comparaba con Violet o Scarlett, no, no era feliz en absoluto. El amor había obrado milagros en sus hermanas.

Tanto Violet como Scarlett habían encontrado el amor de sus vidas, algo en lo que ella no pensaba. Para ella, la vida ideal consistía en tener un gran despacho en las oficinas centrales de las empresas Fontaine en Nueva York, en obtener beneficios para la empresa y en salir en la revista Forbes de vez en cuando. No pensaba nunca en su vida privada, no se imaginaba empleando energía para navegar sobre las turbulentas aguas de una relación seria.

De nuevo, pensó en Ashton Croft y en lo que sentía cuando estaba con él. Le atraía, no podía evitarlo.

–Bueno, ¿cuándo vas a poder entregarme el dinero? –preguntó su madre sacándola de su ensimismamiento.

Harper apartó a Ashton de su mente.

–Mañana a primera hora. ¿Qué vas a hacer? ¿Vas a meter el dinero en una cartera y la vas a dejar en una estación de autobuses?

La idea era tan ridícula que la hizo sonreír.

—No digas tonterías —respondió su madre—. Tengo que depositar el dinero en una cuenta bancaria que me han dado.

—Bueno, al menos no correrás peligro.

Y lo mejor era que el novio de Scarlett contaba con un equipo de informáticos que podrían seguir la pista del dinero y descubrir su destino final.

—Dame el número de la cuenta y yo me encargaré de todo —añadió Harper mirando fijamente a su madre.

Capítulo Cuatro

–¡Vaya, jefe, qué sitio tan bonito! –la blanca sonrisa de Dae iluminaba su moreno rostro mientras se paseaba por la cocina de Batouri.

El antiguo profesor de surf de Bali parecía encantado con lo que veía: modernos electrodomésticos y mostradores inmaculados.

Hacía una hora que Ashton había ido al aeropuerto a recoger a Dae. En vez de llevarle al apartamento que había alquilado, como había sido su intención, Dae había insistido en pasar primero por Batouri. Era comprensible. Llevaba hablándole cuatro meses del proyecto y, naturalmente, el joven de Bali estaba muerto de curiosidad.

–Me alegro de que te guste. ¿En serio te apetece trabajar aquí? Ten en cuenta que no sabes cómo va a ser trabajar bajo las órdenes de Cole.

Ashton se había congraciado con el cocinero de Chicago y le había convencido para que aceptara el puesto de jefe de cocina de Batouri.

–No creo que sea peor que tú.

Ashton ignoró la broma.

–Supongo que, al principio, te encargará tareas nimias. Así que… no sé, no estoy seguro de que sea lo mejor para ti, tienes mucho talento. Yo te podría dar trabajo en uno de mis restaurantes de Londres o Nueva York.

Dae sacudió la cabeza.

–Me gusta Las Vegas.

Después de pasar sus veinticinco años en una isla, Dae quería algo más animado. Y también eso era comprensible. ¿No se había marchado él de Sudáfrica por la misma razón?

–Pero no te dejes hasta la camisa en el casino, ¿de acuerdo?

–Eso es imposible, no me darían ni un céntimo por esto –Dae se tiró del faldón de la colorida camisa tropical.

–Hablaba figurativamente –dijo Ashton, hasta darse cuenta de que su protegido le estaba tomando el pelo–. Si sigues representando el papel de chico tonto de la isla no vas a llegar muy lejos.

–He llegado hasta aquí, ¿no? –respondió Dae guiñando un ojo–. Para mí es bastante lejos.

Con una sonrisa, Ashton dejó de hacerse el abuelo sabio. No era la persona adecuada para ese papel; a quien daban consejos era a él, no a la inversa. Pero con Dae, tenía la sensación de que en vez de llevarle diez años, que eran los años que le llevaba, le llevaba viente. Ashton se sentía responsable de él. Como propietario de cuatro restaurantes con más de cien empleados, mucha gente dependía de él. Pero eso formaba parte del negocio; su relación con Dae, por el contrario, era algo personal.

–Te he alquilado un apartamento no lejos de aquí. Puedes venir en el autobús.

–Te agradezco todo lo que estás haciendo por mí.

–A mí también me ayudaron una vez y eso cambió mi vida –más bien le salvó la vida. Y Dae se merecía la ayuda mucho más que él–. Me daré por satisfecho con que salgas adelante.

–Sabes que lo conseguiré.

Eso era lo bueno de Dae, su optimismo no tenía límites. Incluso en una situación terrible en Bali, Dae había sonreído y declarado que ya mejorarían las cosas. Y así había sido. Habían intercambiado clases de cocina por clases de surf y había resultado que el chico tenía una habilidad natural para la cocina y un paladar fantástico.

–Bueno, ¿vamos a tu apartamento? –Ashton indicó la salida.

–Vamos.

Una vez en el vehículo que Asthon había alquilado, Dae preguntó:

–¿Qué tal van las negociaciones del programa nuevo de televisión?

–Regular. Quieren que deje El Cocinero Errante.

–¿Vas a hacerlo?

–Los productores están empeñados en que la siguiente serie se ruede en África, y ya sabes que no me hace ninguna gracia.

–Déjalo entonces. Haz el programa de Nueva York.

Buen consejo. Vince le había dicho lo mismo. Incluso él mismo lo pensaba.

–Supongo que, al final, será lo que haga –respondió Ashton–. Sabré algo más la semana que viene, después de reunirme con ellos. Quieren rodar un programa piloto y enseñárselo a alguna gente.

–¿Qué vas a hacer?

–Se me han ocurrido algunas ideas.

Pero ninguna le gustaba demasiado. Al principio de que se pusieran en contacto con él, sabía exactamente lo que quería hacer. Pero según se iban alargando las negociaciones e iba enterándose de lo que querían que fuera el programa, menos convencido estaba de que fuera lo que quería hacer. Sin embargo, era una oportunidad para avanzar en su profesión, algo que no podía rechazar de antemano.

Después de dejar a Dae en el apartamento, Ashton regresó al hotel y se puso a trabajar en el problema más inmediato: el menú de Batouri.

Desgraciadamente, llevaba una hora sentado examinando su grueso cuaderno con recetas de cocina que había recogido a lo largo de los años y la inspiración no le llegaba.

Estaba a punto de elegir diez recetas al azar cuando oyó un ruido. Al levantar la cabeza, vio a Harper sentarse enfrente de él.

Después de las bromas de Scarlett, ¿tan extraño era que estuviera pensando en la posibilidad de tener relaciones con Ashton?

Había dado por supuesto que lo único que Ashton podía ofrecerle era sexo sin ataduras. Pero ahora, después de que él le confiara que había abandonado el hogar paterno a los quince años, no estaba tan segura. De lo que sí estaba segura era de que Ashton no le había contado eso a mucha gente. ¿Por qué Ashton había confiado en ella? Ese hombre era más complicado de lo que había imaginado, y su fascinación por él iba en aumento. También hacía que la idea de acostarse con él entrañara más riesgos.

La razón la instaba a darse la vuelta y marcharse, su vida ya era demasiado complicada sin Ashton. Pero le pudo la curiosidad. Tenía que averiguar qué era lo le tenía tan ocupado.

Después de agarrar una taza, se acercó a la mesa de Asthon y se sentó, fue entonces cuando él alzó la cabeza y la vio. Sin preguntarle por el motivo de su visita, Ashton agarró la cafetera y le llenó la taza.

–¿Has venido a ver si trabajo todo lo que debiera?

–¿Necesito vigilarte?

–Es posible –Ashton pasó las hojas del cuaderno, cuyas páginas estaban escritas a mano–. Estoy hecho un lío.

–Jamás habría imaginado que fueras una persona insegura –Harper tiró del cuaderno de él hacia sí–. Creía que eras la clase de persona que se tira por un precipicio sin comprobar qué hay abajo.

–Puede que me estés contagiando tu forma de ser –comentó él con una sonrisa.

–En ese caso, ya no tengo nada que hacer aquí.

–Te equivocas. Tienes que ayudarme a elaborar el menú.

–¿Yo?

–A pesar de que no comes, tienes un paladar excepcional.

–Sí que como –protestó ella–. Lo que pasa es que prefiero la comida sana. Y también hago mucho ejercicio. Correr me ayuda a pensar.

–Si me permites que te dé un consejo, te diré que lo que necesitas es pensar menos.

–No te he pedido ningún consejo –le espetó ella–. Pero eso no significa nada; hasta ahora, no te ha impedido hacerlo.

–Deja de provocarme y elije un plato.

Conteniendo una sonrisa, Harper ojeó el cuaderno de Ashton. Nunca había tenido una relación en la que se sintiera cómoda y relajada. En Nueva York, los hombres con los que había salido eran serios y con la clase de pedigrí que su madre aprobaba. Ashton era todo lo contrario. Y lo que a ella le importaba era la opinión que su abuelo tenía de él. Henry Fontaine admiraba que Ashton hubiera llegado donde estaba a fuerza de trabajo desde sus humildes orígenes. Su abuelo también había conseguido el imperio hotelero que tenía a base de esfuerzo.

Al cabo de un rato, Harper fue incapaz de elegir un solo plato entre las recetas que él tenía anotadas en el cuaderno, lo que la llenó de admiración. Todas las recetas eran magníficas. Ese hombre era un genio. Ahora comprendía por qué a Ashton le resultaba un problema decidir el menú. En ese cuaderno había recetas para diez restaurantes como mínimo.

–Cualquiera de las recetas que tienes aquí sería perfecta. Es una pena no poder ofrecerlas todas –Harper le devolvió el cuaderno–. Deberías escribir un libro de cocina. El programa de televisión que haces no se resalta tu talento.

Ashton se la quedó mirando.

–Echo de menos cocinar. Ese es uno de los motivos por los que estoy pensando en firmar un contrato de trabajo con la cadena de televisión Lifestyle Network.

Harper suspiró. Dado que los otros restaurantes de Ashton tenían muy buena crítica y gran éxito comercial, no comprendía por qué Ashton no se había implicado más con Batouri. Ahora empezaba a comprender que debía ser una cuestión de disponibilidad de tiempo: Ashton estaba dando preferencia a su carrera en televisión. Y ahora, además, tenía un nuevo proyecto televisivo. No le extrañaba que no pareciera poder concentrarse en Batouri.

–Ya sé que es un poco tarde, pero me gustaría preguntarte si estás decidido a hacer lo que sea necesario para conseguir que Batouri sea un éxito.

–Por supuesto.

Al principio de ponerse en contacto con él, Harper había albergado la esperanza de que Ashton y ella se hicieran socios. Cegada de admiración por el talento de él, no se había dado cuenta de que Ashton iba por libre.

–Me da la impresión de que no estás centrado en este proyecto.

–Estoy en medio de unas negociaciones respecto

a la nueva serie de mi programa de televisión, pero de eso, en su mayor parte, se encarga mi representante. Te aseguro que dedicaré el tiempo necesario para organizar y lanzar tu restaurante.

Harper esperaba que las palabras de Ashton fueran sinceras, pero ¿qué iba a pasar cuando Ashton empezara un nuevo programa de televisión? Ya tenía cuatro restaurantes y el programa de El Cocinero Errante. Y ahora… ¿un nuevo programa?

–No sé si voy a seguir mucho más tiempo con El Cocinero Errante.

–No puedes dejarlo –dijo ella, desilusionada–. Ese programa es maravilloso.

–No quiero dejarlo, pero se ha presentado un problema con los de Lifestyle Network, los del programa nuevo, que parece insuperable, quieren la exclusiva conmigo. Me exigen que deje El Cocinero Errante.

–¿Por qué quieren tenerte en exclusiva?

–Tienen promocionar por todo lo alto el nuevo programa de cocina. Eso me abriría muchas puertas.

–¿Y tan importante es eso para ti? –Harper se daba cuenta de que eso no era asunto suyo, pero le encantaba el programa de viajes de Ashton. Había visto todos los episodios al menos tres veces–. Creía que te encantaba viajar a lugares remotos y conocer a sus gentes.

–Y así es –Ashton se masajeó las sienes–. Lo que pasa es que quiero hacer algo distinto, y este programa que me han ofrecido es perfecto.

—¿Seguro que no puedes hacer los dos?

—Hace un momento dudabas de que tuviera tiempo para todo lo que estoy haciendo.

—Pero era porque no sabía que pensabas dejar El Cocinero Errante.

—Siento desilusionarte.

Harper se arrepintió de haber dado su opinión. Ashton no era un hombre al que se pudiera controlar. Había aprendido esa lección los nueve meses que llevaba trabajando con él.

—Ya sé que no es asunto mío. Lo que pasa es que me encanta tu programa.

—Gracias —Ashton puso la mano sobre la de ella y se la apretó—. Y ahora, te diré qué vamos a hacer: voy a preparar los platos que pienso que son más adecuados, tú los probarás y me dirás tu opinión, y esta misma noche decidiremos el menú.

Harper sabía que se trataba de un ejercicio innecesario. Fuera lo que fuese lo que ella sugiriera, Ashton iba a seleccionar el menú según sus preferencias. Pero le agradeció el gesto.

—De acuerdo.

—¿Puedes venir a las ocho?

Ella se levantó de la silla.

—Sí. Hasta las ocho entonces.

De camino a su oficina, miró a ver si tenía mensajes en el móvil. Tenía seis llamadas perdidas y diez correos electrónicos. Apresuró el paso.

***

Ashton, enfundado en su chaqueta de cocinero, cruzó los brazos a la altura del pecho. Se había superado a sí mismo. Después de que Harper se marchara, le había atacado la vena creativa, y el resultado eran ocho nuevos platos principales.

Estaba convencido de que a Harper le gustarían todos ellos, y también estaba decidido a que fuera ella quien eligiera los platos para el menú. Batouri no existiría sin Harper.

Harper entró en la cocina a las ocho en punto. Al verla, el pulso se le aceleró. Llevaba un vestido sin mangas estilo túnica de un tejido fino azul grisáceo.

—El vestido que llevas me recuerda un banco de niebla que atravesé en moto el año pasado en Vietnam —confesó Ashton.

Harper ladeó la cabeza.

—¿Sí? Cuéntame.

—Durante el rodaje del programa, nos dieron un par de días libres. Decidí alquilar una moto y me fui a las montañas. Como puedes imaginar, la carretera era muy estrecha y estaba en condiciones lamentables. Además, las curvas eran muy cerradas y a un lado de la carretera había precipicios. Por raro que parezca, no estaba asustado. Pasé por muchos pueblos, con niños cruzando la carretera. Ah, y me persiguieron algunos perros —a pesar de todo, Ashton se había sentido fascinado y feliz—. En un punto del trayecto, volví la cabeza para echar un vistazo al valle, un valle verde y frondoso. La niebla flotaba por encima del valle.

Había sido un viaje sin meta, lo importante había sido el viaje en sí. Lo mismo le ocurría con el tiempo que compartía con Harper. Él quería vivir el presente, pero ella era una mujer que necesitaba un destino. ¿Hasta qué punto podrían tener una relación? ¿Cuándo se cansaría ella de su tendencia a actuar primero y pensar después?

–¿Y mi vestido te ha sugerido todo eso? –Harper frunció el ceño–. Deberías escribir sobre tus experiencias.

–¿Para qué? –una cosa era hacer un programa de televisión y otra muy distinta reflexionar sobre sus experiencias personales–. Fue solo un viaje en moto.

–Un viaje en moto que no mucha gente ha hecho. Tienes la habilidad de atraer la atención de la gente. Haría más interesante tu libro de cocina.

–No voy a escribir un libro de cocina.

–¿Por qué no?

–Sabes perfectamente por qué.

–Porque para eso tendrías que sentarte a escribir. ¿Por qué no lo escribes en colaboración con alguien?

–¿Contigo, por ejemplo?

–¿Conmigo?

–¿Por qué no? Ha sido idea tuya.

–Yo no sabría escribir un libro de cocina.

–Pero podrías averiguar lo que se necesita para escribirlo.

–Estoy demasiado ocupada –después de una breve pausa, Harper añadió–: Está bien, hablemos de ello más adelante, después de que abramos el restaurante.

El motivo por el que le había hecho esa proposición era evidente: Harper poseía una capacidad de organización y dedicación de las que él carecía. Además, valoraba su opinión.

–Me parece bien –Ashton entrelazó los dedos con los de ella y la hizo adentrarse en la cocina–. Y ahora, pongámonos en marcha. Creo que podemos empezar con la lubina.

A continuación, le habló de los otros siete platos que le había preparado.

–Suena maravilloso. Me alegro de tener hambre.

Ashton había preparado las salsas y también otros ingredientes de los platos, ahora solo faltaba cocinar las proteínas y servir las combinaciones.

Trabajó en silencio, concentrado; pero, ocasionalmente, sintió la total atención de ella.

–¿Quieres llevar esto al comedor? –Ashton le indicó dos platos–. Yo llevaré el resto. Estaré ahí dentro de un momento.

Cuando acabó de preparar el último plato, Harper se presentó en la cocina y se llevó otros tres, dejándole el resto.

Ashton salió de la cocina. En el comedor, se dirigió a la misma mesa que habían ocupado al mediodía. Era su mesa preferida: apartada y desde la que se podía ver el resto del comedor.

Un candelabro de cristal iluminaba el vino *chenin blanc* cosecha dos mil seis que había elegido para acompañar la lubina y el risotto de trufas. Los ojos de Harper mostraban admiración mientras se paseaban por la mesa y las distintas botellas de vino que él había descorchado.

–No creo que podamos comer y beber todo esto –declaró Harper entre sobrecogida y encantada.

–Es un bufé. Prueba un poco de cada plato. Prueba los vinos. Los vinos que he elegido esta noche son africanos. Ofreceremos estos vinos en el restaurante, al igual que vinos del país y otros extranjeros.

–Me encanta que África sea la columna vertebral de Batouri. Cuando me hablaste del nombre del restaurante por primera vez, me contaste que Batouri es el nombre de un pueblo de África, pero no me acuerdo del país en el que está.

–En Camerún.

–¿A qué se debe que eligieras ese lugar de África?

Ashton no creía que a ella le gustara oír la cruda verdad, pero la respetaba lo suficiente como para ofrecerle una versión suavizada.

–En la adolescencia, viví allí tres años.

–En ese caso, fue tu hogar.

Ashton le sirvió una copa de *pinotage*.

–Prueba el cordero. Está aliñado con yogur, ajo, semillas de cilantro, comino y cebolla.

–Delicioso –murmuró ella con los ojos medio cerrados mientras saboreaba esa carne. Después, probó el vino–. Mmm. Este vino le va muy bien al cordero.

Ashton sonrió.

–Ahora prueba el confit de pato y el *chardonnay*.

Cuando Harper acabó de probar todos los platos, una sonrisa de satisfacción acompañaba la expresión de ensoñación que tenía. Él había comido poco, el placer se lo había proporcionado verla a ella comer.

–Estaba todo fantástico –declaró Harper–. Pon todos estos platos en el menú. Batouri va a ser el restaurante de más éxito de Las Vegas.

Ashton esperaba que así fuera.

–Solo he preparado un postre –dijo Ashton mientras la veía clavar el tenedor en las vieiras con salsa de naranja, berros e hinojo–. Espero que te quede un hueco en el estómago.

–No te preocupes, me queda.

Ashton fue a por el postre y volvió con un plato solo, ya que dudaba que Harper pudiera comer mucho más.

–Es tarta de castañas con confit de naranja.

Harper se lanzó al postre inmediatamente.

–¡Esto es maravilloso! ¿Te cansas de que te diga que eres maravilloso?

–No, imposible.

Harper apoyó el rostro en ambas manos y le miró fijamente. La luz de las velas se reflejaba en sus ojos marrones, intensificando su profundidad. Lenta y deliberadamente, Harper se inclinó hacia delante, hasta que sus labios se rozaron en un beso susurrado.

–Tienes un gran talento. Gracias por ofrecerme todo esto.

Ashton ya no podía aguantar más. Enterró los dedos en los cabellos de Harper y le atrapó la boca con fervor. La besó concienzudamente, acariciándole la lengua con la suya.

Harper sabía a *chenin blanc* y a tarta de castañas. Y él no se dio cuenta de lo mucho que la deseaba hasta que Harper le rodeó el cuello con los brazos y apretó los senos contra el duro pecho de él. Sus respiraciones se mezclaron y, con cada segundo que transcurría, él quería más.

Vagamente, Ashton pensó en lo incómodo que era besarse donde estaban. No conseguiría desnudarla ahí. Porque eso era lo que iba a hacer, y hacerle el amor. Llevaba demasiadas noches de insomnio imaginando la perfecta piel de ella.

Le mordisqueó la garganta y, al cambiar de postura, le dio con el codo a una copa de vino y la tiró.

–Maldita sea –murmuró Ashton.

–No te preocupes, está vacía –respondió ella tras echar un vistazo a la mesa–. Me parece que este no es el lugar más apropiado para…

–No.

–Venga, vamos a recoger todo esto.

–No, no es necesario, van a venir a limpiarlo a medianoche.

–Vamos a ayudarles, así tendrán menos que hacer –dijo Harper mientras ponía unos platos encima de otros y se disponía a levantarse.

Ashton la contempló durante unos segundos. Era una mujer excepcional.

–Venga, vamos –insistió ella.

–Está bien. Supongo que cuanto antes acabemos con esto, antes podremos dedicarnos a conocernos mejor.

Harper le dedicó una sonrisa de «ya veremos» antes de encaminarse a la cocina. Él, tras recoger más platos y copas, la siguió; no le preocupaba demasiado que Harper estuviera en retirada. Si no era aquella noche, sería otra. Habría más ocasiones.

Después de terminar de recoger la mesa y dejarlo todo en la cocina, apagaron las luces y salieron del restaurante.

–Ha sido una velada muy agradable –dijo Ashton entrelazando los dedos con los de ella–. No quiero que acabe.

–Si lo que quieres es que tomemos una copa en tu habitación… –dijo Harper, negando con la cabeza.

Ashton no pudo evitar una sonrisa traviesa.

–Así que nada de sexo, ¿eh? –la atrajo hacia sí y le acarició el cabello. A juzgar por la dificultad de su respiración, Harper parecía esperar a que él insistiera–. ¿Qué te parece si vamos a dar un paseo?

Capítulo Cinco

A la mañana siguiente, cuando Harper se despertó, eran casi las nueve. Demasiado tarde, no tenía tiempo para hacer el ejercicio rutinario, pensó con una punzada de culpa. El paseo con Ashton la noche anterior había durado dos horas. Se habían paseado por los hoteles Fontaine, habían dado una vuelta por los jardines de Richesse y se habían tomado una copa en el bar de Chic.

Ashton había resultado ser una extraordinaria compañía. Era divertido, intuitivo e inteligente. Mucho más interesante de lo que ella había supuesto. Y eso era decir mucho.

Con decisión, dejó de pensar en el célebre cocinero y se levantó, se dio una ducha, se vistió y agarró el teléfono. Parpadeó al ver los mensajes que tenía. Debía resolver un montón de cosas antes de la reunión que iba a tener con sus hermanas para almorzar.

Rápidamente, salió de su suite en el hotel y se dirigió a las oficinas para despachar los asuntos urgentes que tenía.

El camino al despacho de Scarlett en Fontaine Richesse le llevó algo más que los diez minutos que solía tardar. En la ruta del segundo piso se alineaban una serie de boutiques. Ese día, excepcionalmente, prestó mucha atención a los escaparates.

Un vestido negro especialmente sexy la hizo detenerse delante de una de las boutiques. No necesitó mirar el reloj de pulsera para saber que iba con retraso, pero tenía que probarse el vestido. No era la clase de ropa que llevaba, pero imaginó a Ashton con los ojos iluminados al verla con ese vestido el día de la inauguración de Batouri. Pidió al dependiente que se lo enviaran a su despacho en Fontaine Ciel y lo pagó. Tenía que comprarse un par de tacones negros para completar el atuendo, pero en otro momento, era tarde.

Al entrar en el ordenado despacho de Scarlett, notó que sus hermanas parecían preocupadas.

—Perdonad el retraso.

—No te preocupes —dijo Violet—. Me encanta cómo te queda el pelo suelto, deberías llevarlo así más a menudo.

Harper, con timidez, se apartó una hebras de cabello del rostro.

—Tenía prisa esta mañana.

—O sea, que no tiene nada que ver con que estuvieras tan acaramelada anoche con Ashton, ¿eh? —preguntó Scarlett con expresión burlona.

Violet agrandó los ojos.

—¿Acaramelada con Ashton?

—No exageremos —contestó Harper—. Solo estábamos dando un paseo.

—Querida, cuando el gerente me contó que te vio con un hombre anoche, vi el vídeo del paseo

–dijo Scarlett–. Puede que ni siquiera os tocarais, pero tratándose de ti eso es estar acaramelada.

Harper sintió un cosquilleo en el estómago que se le subió a la cabeza. Trató de censurar a su hermana con una mirada, pero no pudo evitar sonreír.

–Estuvimos hablando hasta casi las cuatro de la madrugada.

–¿Hablando?

–Hablando –respondió con firmeza.

–¿Vas a decirme que Ashton Croft no quiso llevarte a la cama?

–Lo intentó –reconoció Harper, aliviada y desilusionada simultáneamente de que Ashton no hubiera insistido en tomar la copa en su habitación–. Pero no estoy dispuesta a acostarme con él a la primera de cambio.

Scarlett hizo una mueca.

–¿A la primera de cambio? Querida, lleváis coqueteando nueve meses.

–¿Coqueteando? No. Llevamos nueve meses discutiendo civilizadamente.

–Eso para ti es coquetear.

Harper alzó una mano para acallar a sus hermanas.

–¿Celebramos algo? Porque estoy viendo una botella de champán ahí.

–Tenemos que celebrar muchas cosas, empezando por Violet –contestó Scarlett antes de servir champán en tres copas.

–Has conseguido que J. T. recupere su empresa, ¿a que sí? –preguntó Harper, encantada.

La sonrisa de Violet no tenía precio.

–Y han arrestado a Preston. Le sacaron de Cobalt esposado.

–Me habría encantado verle salir del hotel escoltado por unos agentes del FBI –comentó Harper.

–Reconozco que me produjo una gran satisfacción –dijo Violet asintiendo.

–¿Y cómo van las cosas entre tú y J. T.? –preguntó Scarlett.

–Perfectamente.

–Entonces, ¿ya no os vais a separar? –Harper se alegraba mucho por su hermana.

–No, de ninguna manera –respondió Violet con vehemencia–. Me quiere.

–No sabes cuánto me alegro –dijo Harper–. Pero ¿qué va a pasar cuando J. T. se ponga al mando de Stone Properties?

–No lo va a hacer –el único motivo por el que Violet se había casado con J. T. había sido para ayudarle a recuperar la empresa de la familia–. Ha vendido todas sus acciones a sus primos para así comprar Titanium.

Titanium era el hotel y casino que Stone Properties tenía en Las Vegas y que llevaba J. T. Era la mayor y la que daba más beneficios de todas las propiedades de la empresa, gracias a la excelente dirección de J. T.

–Me sorprende que haya tomado esa decisión cuando podía dirigir todas las empresas de Stone Properties.

–Quería quedarse en Las Vegas –a Violet se le

notaba en la cara que estaba enamorada–. Sabe que yo quiero estar aquí.

–Por cierto, ¿qué hay de la competición impuesta por el abuelo? –preguntó Harper.

Las oficinas centrales de Fontaine Hotels estaban en Nueva York.

–La semana pasada le comuniqué al abuelo que yo no estaba interesada en ser la directora ejecutiva –Violet miró a Scarlett.

Antes de que Harper pudiera asimilar el significado de la decisión de Violet, Scarlett alzó su copa y declaró:

–Por la futura directora ejecutiva de Fontaine Hotels y Resorts.

A Harper se le encogió el corazón. ¿Había tomado una decisión su abuelo? ¿Había elegido a Scarlett como sucesora?

–Felicidades –le dijo Harper a Scarlett en tono animado, como buena perdedora.

Llevaba toda la vida soñando con esa meta y le habría gustado que su abuelo la hubiese elegido a ella. Sobre todo, buscaba la aprobación de su abuelo. Era un duro golpe para ella que su abuelo no la hubiera considerado lo suficientemente preparada para el cargo.

Scarlett alzó los ojos al techo.

–No soy yo, tonta. Eres tú.

–¿Yo? –Harper miró a sus hermanas–. No lo entiendo. El abuelo no me ha dicho nada.

–Esta mañana he llamado al abuelo y le he dicho que a los de la cadena televisiva les ha encantado el programa piloto de mi nueva serie y lo van a producir –Scarlett esbozó una radiante sonrisa–. Eso significa que vas a ser tú la nueva directora ejecutiva.

Harper estaba encantada con la noticia. Toda la vida llevaba haciendo lo imposible por demostrar a su abuelo que ella no era como su padre. Se entregaría a Fontaine Hotels y Resorts en cuerpo y alma.

Sin embargo, una sombra enturbiaba el éxito: ella había ganado porque sus hermanas habían abandonado.

–De todos modos, no olvidéis que el abuelo es quien tiene la última palabra –les recordó a Violet y a Scarlett–. Puede que yo no sea la persona a la que habría elegido.

–No digas tonterías –protestó Scarlett chocando su copa con la de ella–. Tú siempre has ido por delante de nosotras.

A instancias de Scarlett, Harper bebió un sorbo del espumoso líquido. Pero no sintió alegría, ni siquiera alivio. Tan pronto como Asthon abriera el restaurante, ella se iría a Nueva York a hablar cara a cara con su abuelo. Hasta no saber lo que él pensaba acerca del futuro de la empresa, no se iba a permitir soñar.

Tras charlar un rato sobre la retrasada luna de miel de Violet, Scarlett le clavó la mirada y anunció:

–Por cierto, he hablado con Logan un poco antes de que vinieras. Me ha dicho que sus empleados han conseguido seguir el rastro al dinero que tu madre le ha enviado al chantajista. Ha pasado por varios bancos antes de acabar en la cuenta de un tipo llamado Saul Eddings. Lo raro es que parece que ese tipo no existe.

Eso significaba que el chantajista era listo.

–¿De qué estáis hablando? –preguntó Violet.

–Mi madre ha sido víctima de un chantaje.

–¿Tu madre? –Violet lanzó a Scarlett una mirada de preocupación–. ¿Por qué?

–Por algo que ocurrió hace mucho tiempo –respondió Harper, preguntándose por qué parecía Violet tan tensa de repente–. Se trata de una aventura amorosa que tuvo hace treinta años.

Violet se volvió hacia Scarlett.

–No se lo has dicho, ¿verdad?

–No –respondió Scarlett mirando a Violet con dureza.

–Tiene que enterarse.

–¿De qué tengo que enterarme? –preguntó Harper alarmada al ver el enfado entre sus hermanas.

–No va a ayudar en nada –dijo Scarlett–. Logan va a descubrir al chantajista y Lucas se encargará de solucionarlo. Así que… deja las cosas como están.

–¿Has pensado en Harper?

–Constantemente –respondió Scarlett–. Deja ya el tema.

–Eh, parad un momento –interpuso Harper–. Tenéis que explicarme qué pasa. ¿Quién está chantajeando a mi madre?

–No lo sé –admitió Scarlett con una seriedad poco habitual en ella.

–Pero sabes algo que no me quieres decir –insistió Harper.

–Es posible. Al menos, eso creo.

–¿Y no vas a decírmelo? –la atmósfera se tornó gélida–. ¿Por qué?

–Porque nada bueno saldrá de ello –contestó Scarlett.

–¿Se trata de mi madre y de la aventura que tuvo?

–Sí –Violet le agarró las manos a Harper y se las frotó–. Tiberius tenía documentación sobre todas nosotras.

–Eso ya lo sabía.

–Incluida tu madre.

–Cuando me atacaron y robaron los documentos, se llevaron el de tu madre –explicó Scarlett con desgana.

–Eso explica de dónde proceden las fotos y por qué le han hecho chantaje –observó Harper–. ¿Hay algo más?

–Si no se lo dices tú lo haré yo –declaró Violet.

–La cuestión es cuándo tuvo lugar esa aventura amorosa –dijo Scarlett–. Ocurrió nueve meses antes de que tú nacieras.

–Eso no significa… La relación de mi madre con el fotógrafo solo duró dos semanas.

–Y tu padre, por lo que se deduce de sus viajes, pasó seis semanas fuera durante ese tiempo.

A Harper le dio un vuelco el corazón. No podía ser…

No era una Fontaine.

Esas dos mujeres maravillosas no eran hermanas suyas.

De repente, le faltó la respiración. Se llevó una mano al pecho.

–Tengo que marcharme.

Se levantó de la silla con tal brusquedad que la tiró al suelo. La habitación le dio vueltas.

–Harper, ¿qué te pasa?

–Nada, nada. Acabo de acordarme que tenía que ir… –no acabó la frase. Vio la puerta y se dirigió a ella.

–¿Seguro que estás bien? –Violet había salido del despacho de Scarlett y la seguía por el pasillo–. Tranquilízate. Además, no importa. Lo sabes.

–Claro que importa –todos sus esfuerzos, todos sus sacrificios… ¿por nada?–. Os llamaré luego. Ahora necesito un poco de aire fresco.

Scarlett apareció a su lado y le agarró el brazo.

–Eres nuestra hermana. Vas a ser la directora ejecutiva de Fontaine.

–Está bien –Harper le dio una palmada a Scarlett en el brazo–. Entendido, es nuestro secreto.

–Exacto –dijo Violet algo más tranquila.

–Os quiero a las dos, pero tengo que volver al trabajo. Hablamos luego.

Y antes de que sus hermanas pudieran protestar, Harper se alejó.

En vez de volver a su despacho, Harper salió a la calle. El calor, el ruido y la gente le aturdieron. Se dio la vuelta rápidamente y se dirigió a Fontaine Ciel. Entró por la puerta más cercana, la del casino. El ruido de las máquinas y las luces la desorientaron aún más. No sabía cómo llegar a su despacho.

–Harper, ¿te pasa algo?

No se acordaba del nombre del hombre que se había dirigido a ella, aunque hablaba con él todos los días. ¿Tom? ¿Tim?

–Estoy un poco mareada –Harper sacudió la cabeza–. Necesito sentarme un momento.

Dio un paso adelante y se tambaleó.

–Deja que te ayude.

Cuando él fue a agarrarla, ella se apartó. La piel le ardía.

–No –llegó hasta un sillón y se dejó caer en él–. Estaré bien en un momento. ¿Te importaría traerme un vaso de agua?

–Ahora mismo.

Mientras él iba en busca de una camarera, Harper cerró los ojos y se masajeó las sienes. ¿Qué le había pasado? Un ataque de pánico. Normal, teniendo en cuenta que el mundo se le había venido abajo.

Cuando Tim Hoffman, por fin se acordaba de su nombre, volvió con el vaso de agua, Harper estaba en pie y se sentía mejor. No obstante, no se le habían quitado las ganas de salir corriendo, de huir.

–Debe haber sido el calor lo que ha hecho que me marease –comentó ella.

El hombre de cabello oscuro pareció aliviado.

–Sí, hace más calor que de costumbre.

–Gracias por el vaso de agua.

Y sin más palabras, Harper se dirigió a los ascensores. Quizá un poco de ejercicio le ayudara a despejarse.

Capítulo Seis

Ashton se estiró en el sofá de la suite mirando al techo. Estaba anocheciendo.

Vince le había llamado aquella mañana con malas noticias: los productores de El Cocinero Errante le daban tres días de plazo para decidir si hacía el programa en África; de no aceptar, cancelaban el contrato y suspendían el programa.

De repente, oyó unos golpes en la puerta. Se sentó, se pasó la mano por el cabello y se puso en pie. Dae iba a llamarle más tarde para ver si quería dar una vuelta por el Strip, no esperaba que se presentara.

No, no era Dae.

—Hola —dijo Harper desde el pasillo. Llevaba unos pantalones grises ajustados que enfatizaban sus largas y delgadas piernas y combinaban bien con un suéter color rosa—. Espero que no te moleste que no te haya llamado antes de venir.

—No, en absoluto. Me viene bien un poco de compañía —dijo Ashton, indicándole que pasara.

—A mí también.

—¿Te apetece una copa de vino?

—Sí, gracias.

Ashton sirvió dos copas y ambos se sentaron en

el sofá. Harper no llevaba maquillaje y, quizá por eso, se la veía vulnerable.

–¿Siempre quisiste ser cocinero? –le preguntó ella recogiendo las piernas en el sofá, bajo su cuerpo.

–No, pasó al azar.

De repente, sintió ganas de hablar de sí mismo. La noche anterior Harper le había hablado de su infancia y de los años en el colegio. Él también quería hablarle de su pasado. El problema era que la mayoría de la gente de su vida en África había acabado perdida en la jungla o enterrada en una fosa común. A una persona como a Harper le horrorizaría oír lo que a él le había costado sobrevivir.

–Cuando tenía quince años, me marché de casa y me junté con unos tipos poco recomendables –confesó él, abandonando la versión dulcificada que ofrecía sobre su persona a los medios de comunicación.

Describir la banda de traficantes de Chapman como tipos poco recomendables era inadecuado. Habían sido unos criminales liderados por el tipo más despreciable que él había visto en su vida.

–¿Hasta qué punto poco recomendables?

–Les gustaba jugar con cuchillos –contestó Ashton antes de remangarse la camisa y enseñarle un par de cicatrices que tenía en el brazo.

–¿Te hicieron eso? ¿Por qué estabas con ellos?

–Porque era un engreído y un cabezota. Pensaba que podía cuidar de mí mismo –se bajó la manga de la camisa–. Uno de los de la banda cocinaba para todos. Se hizo amigo mío y me protegió de los peores. Resultó que tenía habilidad para mezclar sabores.

–¿Tenías idea de hacer otra cosa?

Ashton se encogió de hombros. Había sido un adolescente tonto y rebelde que nunca pensaba más allá del momento presente.

–Lo único que sabía era que no quería seguir los pasos de mi padre.

–¿A qué se dedicaba tu padre?

–Era misionero –confesó Ashton. Normalmente, decía que su padre era vendedor, lo que no se alejaba mucho de la verdad. Sus padres se habían pasado la vida vendiendo la idea del paraíso a gente que no tenía idea que estaba condenada.

Por primera vez desde que había llegado, a Harper se le iluminaron los ojos.

–¿Misionero? Perdona si te ofende, pero no pareces muy religioso.

–No, no lo soy. A pesar de que mis padres pasaron una gran parte de mi infancia de aldea en aldea predicando los valores cristianos.

–Vaya, no creo que lo pasaras muy bien.

–No –respondió él–. ¿Y tú? ¿Siempre quisiste dirigir un hotel?

–Desde los cinco años –Harper sonrió–. Mi padre me llevó al hotel Waldorf Astoria y yo me quedé prendada. Fuimos en Navidad y en el vestíbulo había un árbol de navidad decorado con bolas rojas y doradas, y lucecillas blancas. Me pareció mágico. Fue entonces cuando decidí que algún día tendría un hotel.

–Supongo que, al ser una Fontaine, lo de los hoteles lo llevas en la sangre.

La expresión de Harper cambió inesperadamente, el brillo de sus ojos disminuyó y una sombra le cruzó la expresión.

–Dime, ¿qué se siente viajando por todo el mundo como haces tú?

–No sé, es excitante y agotador.

–Es muy distinto de lo que yo hago –comentó Harper antes de llevarse la copa de vino a los labios–. Yo nunca he viajado de verdad.

–Me cuesta creerlo. Hay hoteles Fontaine por todo el mundo.

–Sí, pero cuando voy a visitar los hoteles de la empresa, no tengo tiempo para hacer turismo. Por ejemplo, he estado en París en tres ocasiones, y ni una sola vez he ido a dar un paseo por la ciudad.

–Es una pena. Es una ciudad maravillosa. Pasé allí dos años estudiando cocina y trabajé en varios restaurantes –había sido el primer lugar al que había ido tras marcharse de África.

–Yo pasé los primeros dieciocho años de mi vida en Nueva York; después, cuatro en Ithaca, en la universidad Cornell.

–¿Y ni siquiera entonces te apetecía viajar?

–Mis padres se separaron cuando tenía once años. Mi madre se fue a Florida y yo iba a visitarla en vacaciones. Mi padre… En fin, mi padre pasaba mucho tiempo de viaje supervisando los hoteles. La empresa creció mucho en los noventa.

Una infancia tan solitaria como la suya.

–¿Con quién te quedabas cuando tu padre estaba de viaje?

–Con los criados. Alguna vez que otra me quedé con mi abuelo –a Harper se le había resbalado por el hombro el suéter y era visible el fino tirante de la camisola–. ¿Hay algún sitio al que quieras ir y en el que todavía no has estado?

El hombro de Harper le tenía fascinado. ¿Era su piel tan suave como parecía?

–Las cataratas del Niágara.

Harper se lo quedó mirando en silencio unos momentos y luego se echó a reír.

–¿Las cataratas del Niágara? Incluso yo he estado ahí.

La profunda carcajada de ella le hizo desear besarla.

–En ese caso, podías llevarme y hacer de guía.

–No sé, no sé…. Tenía siete años cuando fui –el buen humor de Harper se desvaneció–. Me llevó mi padre.

De repente, Harper se levantó del sofá.

–Maldita sea. Había jurado que no iba a llorar.

La curiosidad le indujo a seguirla. Al menos, eso fue lo que se dijo a sí mismo hasta que Harper le abrazó y apoyó el rostro en su pecho. Temblaba mientras sollozaba. Por fin, soltó el aire y suspiró.

–¿Qué te pasa? –preguntó Ashton preocupado.

–¿Por qué quieres ir a las cataratas del Niágara? –preguntó ella, sin contestar a su pregunta.

–Me gustan las cascadas. Y a ti, ¿qué es lo que te gusta?

–Tú. Es decir, tu programa.

–Ya.

–Está bien, admito que soy admiradora tuya.

Ashton se echó hacia atrás para mirarla a los ojos.

–Ahora entiendo por qué te portas tan bien conmigo.

–Siempre me he portado de forma profesional contigo.

–Por mucho que lo niegues, lo que querrías es encerrarme en una nevera gigante –bromeó él.

–¿Crees que es fácil trabajar contigo? Sé sincero.

–No, no lo es. Pero soy un genio y todo el mundo sabe que los genios son gente difícil de tratar.

Harper ladeó la cabeza y le miró fijamente.

–Incluso tu arrogancia es encantadora.

–No te comprendo.

Harper desvió la mirada.

–No hay nada que comprender.

–Tienes dinero y estás bien relacionada. Y, además, puedes tener lo que se te antoje.

–¿Es así como me ves? –preguntó Harper con calma, pero él sintió su tensión.

–Así eres.

–Y si no tuviera dinero y no estuviera relacionada, ¿qué?

Ashton notó la ansiedad con que esperaba su respuesta.

–Eres una mujer hermosa, inteligente y trabajadora, podrías conseguir lo que te propusieras.

–¿Y si no supiera qué quiero hacer?

–No lo entiendo. Creía que querías ser directora ejecutiva de Fontaine Hotels y Resorts.

–Ya no estoy segura de ello –Harper se apartó de él y se acercó a la puerta de la suite–. Gracias por el vino y la charla. Creo que me voy a ir a acostar. Mañana tengo mucho que hacer.

Ashton la siguió hasta la puerta. Allí, le agarró el brazo, deteniéndola. Algo le había ocurrido a Harper, estaba seguro de ello.

Entonces, rindiéndose a un impulso, la besó. La besó profunda, apasionadamente.

–Quédate –le susurró él acariciándole la mejilla con los labios.

La notó ponerse tensa.

–No me parece buena idea.

–Te equivocas –le aseguró él–. Es una idea magnífica.

–Nunca me he acostado con un hombre al que apenas conozco.

–Considéralo una aventura, un paso hacia lo desconocido.

–Me temo no estar preparada para abandonar lo que conozco.

Una frase enigmática. Ashton empezó a pensar que Harper no podía enfrentarse a todas las preocupaciones que tenía.

–¿Por qué ibas a tener que abandonarlo?

–A mí no se me ocurre preguntarte qué harías si no pudieras seguir siendo cocinero. Tú ya te has hecho famoso en el mundo de la televisión.

Aquel era el momento perfecto para confesarle

que debía ir a Nueva York unos días, pero se negaba a romper la intimidad de la que disfrutaban en ese momento.

–¿Has pensado alguna vez en cambiar de profesión?

Una débil sonrisa asomó al rostro de Harper.

–Se me ha ocurrido una serie de televisión sobre hoteles exóticos por todo el mundo.

–¿Quieres que le exponga tu idea a mi agente, a ver qué le parece?

Harper agrandó los ojos.

–¿Lo dices en serio?

–Sí, totalmente. Tengo la impresión de que necesitas explorar nuevos horizontes, nuevos desafíos. Haz algo que te dé miedo hacer.

–Eso ya lo he hecho. He venido aquí, ¿no?

–¿Te doy miedo yo?

–Tú no, solo lo que representas.

–¿Y qué es lo que represento?

–Lo que yo llevo evitando toda la vida.

Ashton no respondió. Mejor dejar que Harper ordenara sus pensamientos, mejor dejar que el silencio se hiciera tan incómodo que, al final, para romperlo, ella se traicionara a sí misma y hablara más de la cuenta. Era una técnica que se utilizaba en las entrevistas y que daba muy buenos resultados.

–No lo he dicho para insultarte –acabó diciendo Harper–. Es solo que me gusta todo organizado y controlado, nada de sorpresas. A ti te gusta enfrentarte a lo inesperado.

–Es lo que hace que la vida sea interesante. Algunas de mis mejores recetas de cocina han surgido mezclando sabores que jamás había mezclado. Y otra cosa, jamás me habría hecho cocinero si no me hubiera escapado de casa a los quince años y hubiera tenido que luchar para sobrevivir.

A Harper no pareció sorprenderle lo que había dicho.

–Yo siempre he evitado las situaciones desesperadas, las desconozco –admitió Harper.

–Y ahora… ¿no te preguntas qué te has perdido?

–Sé perfectamente lo que me he perdido. Me he sacrificado mucho para alcanzar mi meta.

–Ser directora general de las empresas Fontaine.

–Sí. Pero ahora… Hoy he descubierto algo, pero no quiero hablar de ello. Por eso he venido aquí, en busca de consuelo.

–Has hecho bien.

–Y te doy las gracias por ello.

–No es necesario. Debes saber ya que soy un egoísta. Si una mujer hermosa acude a mí en busca de apoyo, voy a disfrutar cada segundo que la tenga en mis brazos.

–¿Y si quiere que la consueles durante toda la noche?

–Mejor que mejor.

–No debe haber muchas mujeres que se te resistan, ¿verdad?

–Así es.

Harper puso la mano en el pomo de la puerta y, esta vez, Ashton no la detuvo. Forzar la situación solo conducía a un peor resultado. Cuando hiciera el amor con Harper, quería que fuera un momento inolvidable para ella.

Harper no podía abrir la puerta. Anhelaba las caricias de Ashton. Él debió de notar su vacilación porque, con suavidad, le apartó la mano del pomo y le besó la palma. Se derritió bajo el ardor de la mirada de Ashton y no protestó cuando él le tocó la espalda. Tampoco se resistió cuando Ashton la rodeó con los brazos y la estrechó contra su cuerpo.

–Pídeme que me quede –susurró ella.

Se aferró a sus brazos mientras él posaba la boca en el cuello. Gimió al sentir las caricias de la lengua de Ashton. Le pesaban los pechos cuando él la apretó aún más contra su cuerpo. El calor hacía que la ropa le resultara insoportable. Tenía que desnudarse. Tenía que sentir la piel de él con la suya.

–Quédate –murmuró Ashton.

–Bien.

Ashton la tomó en brazos y la llevó a la habitación. Con una ternura que le sorprendió, la dejó encima del colchón y le sujetó ambas manos a los dos lados de la cabeza. La intensidad de la mirada de él aumentó el deseo de ser devorada por ese hombre.

Harper alzó una mano y le acarició el hoyuelo de la mejilla. Él sonrió antes de bajar la cabeza y acariciarle los labios con los suyos. Ella le puso la mano en la cabeza y le atrajo hacia sí para profundizar el beso.

Sus bocas se unieron y sus lenguas bailaron. Pero necesitaba más. Ciegamente, le desabrochó la camisa. Lanzó un gemido de satisfacción al pasar las manos por el cinturón de Ashton.

Ashton se puso en pie, se quitó la camisa, los pantalones y los zapatos. Ella se arrodilló en la cama y se deshizo del suéter. Al instante, sintió los labios de Ashton, una vez más en la cama.

Rodaron por el colchón, Harper acabó encima. Respirando trabajosamente y riendo, besó a Ashton en la garganta. Él posó las manos en sus nalgas y luego le acarició los muslos, apretándola contra su erección.

Harper lanzó un gemido cuando Ashton le deslizó las manos por debajo de los pantalones y las bragas y las bajó hasta tocarla el sexo. Aunque el roce fue leve, un temblor le recorrió el cuerpo. Protestó con un gemido cuando él subió las manos, acariciándola hacia arriba hasta quitarle la camisola.

Muerta de ganas de que Ashton le acariciara los pechos, Harper plantó las manos en el colchón y alzó el torso. Como había esperado, Ashton le agarró los pechos y un intenso placer le recorrió el cuerpo.

Ashton la hizo tumbarse en el colchón, se colocó encima y le agarró un pezón con la boca. Primero se lo chupó y después se lo lamió. Ella le peinó con los dedos, estrechándole a sus pechos mientras gemía de placer.

¿Por qué se había negado a sí misma ese placer durante tanto tiempo? Debería haberse acostado con Ashton el día que le conoció y, a partir de ahí, todos los días que le había visto.

Ashton fijó la atención en el otro pecho y dedicó un tiempo considerable a incrementarle el deseo. Por fin, le agarró la cinturilla de los pantalones y de las bragas y se los bajó.

Al sentir la lengua de Ashton en el ombligo, pateó con frenesí. Entonces, Ashton colocó los hombros entre sus piernas y, con los pulgares, le abrió los labios del sexo.

Harper se aferró a las sábanas en el momento en que Ashton se apoderó de ella con la boca. El cuerpo casi le dolía del placer que la lengua de él le procuraba.

Harper plantó los pies en la cama y temió estar a punto de perder la consciencia. Y cuando los dedos de él le se cerraron sobre el clítoris, acabó perdiendo el control. Gritó el nombre de Ashton mientras el cuerpo le estallaba.

Notó que Ashton se apartaba de ella, pero no podía moverse, no podía protestar. Le oyó abrir el envoltorio de un condón y se alegró de que Ashton hubiera pensado por los dos. Abrió los ojos cuando le acarició los labios con la boca y le rodeó los hombros con los brazos y se colocó entre sus muslos.

La penetró y ella lanzó un gemido. Ashton comenzó a moverse despacio dentro de ella. Casi al instante, sus ritmos se acoplaron, como si hubieran hecho el amor cientos de veces. Pronto, el ritmo se aceleró y ella se sintió al borde del orgasmo.

No llegaron al orgasmo simultáneamente, pero

casi. Harper le hundió las uñas en la espalda mientras los espasmos la sacudían. Él la besó con pasión y tras un par de empellones se vació dentro de ella con un fuerte temblor.

Harper hundió la nariz en la garganta de Ashton, sobrecogida por lo que había sentido. Pero ahora… ¿qué?

Como si le hubiera leído el pensamiento, Ashton se separó de ella y se tumbó a su lado, haciéndola dudar entre si levantarse y vestirse o acurrucarse junto a él en la cama. Antes de tomar una decisión, Ashton le agarró la mano.

—No te vayas todavía.

Harper volvió la cabeza y le sorprendió observándola.

—No sabes lo que estaba pensando.

—¿No? ¿Seguro que no ibas a poner la disculpa de que tienes trabajo? —preguntó Ashton y, al momento, la besó.

Harper se rindió al placer de estar en los brazos de él. Por sorprendente que fuera, quería que la volviera a poseer.

—Seguro.

—Pues no parece propio de la Harper que conozco. ¿Qué te ha pasado?

—Es que no soy la Harper que conoce la gente.

—No te entiendo.

—Hoy he descubierto algo que ha cambiado mi vida.

Ashton le acarició la mejilla.

—¿Qué vas a hacer al respecto?

La mayoría de la gente le habría preguntado qué era lo que había descubierto. Pero Ashton no, Ashton no se entrometía en los asuntos de nadie. Y ella comprendía por qué: Ashton prefería que no se supiera mucho de su pasado, de cosas de las que no estaba orgulloso.

–No lo sé, me cuesta pensar con claridad –contestó ella–. La prueba de ello es que estoy aquí, ¿no? ¿Hace veinticuatro horas crees que me habría acostado contigo?

–¿Por qué buscas excusas?

–No me tomo el sexo a la ligera. Para mí es algo que se da en una relación con perspectivas de futuro.

–¿Y crees que entre tú y yo no hay perspectivas de futuro?

–Creo que las hay, pero en lo profesional.

Ashton le dio un breve beso en los labios.

–Eso espero. Pero también creo que nos llevamos bien. Veamos qué pasa.

Como promesa no era gran cosa, pero viniendo de Ashton, ya era bastante. Harper se acurrucó junto a él y, poco a poco, fue relajándose. Sus problemas tendrían que esperar al día siguiente.

Capítulo Siete

Ashton iba por la segunda taza de café y sonrió al oír unos golpes en la puerta de su suite. Al parecer, después de escapar durante la madrugada mientras él dormía, Harper había decidido volver a por el cuarto asalto.

Pero no vio a Harper al abrir la puerta, sino a Vince.

–¿Qué pasa? –le preguntó a su agente al ver su expresión sombría–. ¿Cómo es que estás aquí?

–Los de Lifestyle han adelantado la fecha para hacer el programa piloto. Quieren que vayas a Nueva York mañana.

Ashton lanzó una maldición.

–¿Por qué?

–No lo sé. Puede que hayamos exigido demasiado. Al parecer, están entrevistando a otros cocineros.

Si no reaccionaba inmediatamente iba a perder una fantástica oportunidad.

–¿Qué crees que debemos hacer?

–En mi opinión, deberíamos demostrarles que estamos decididos a comprometernos completamente con Lifestyle Network.

–¿Quieres que deje El Cocinero Errante?

–Sí. Creo que deberías romper con ellos. Al fin y al cabo, no estás de acuerdo con el camino que lleva la nueva serie.

–Está bien. Llama a los de Phillips y diles que no voy a continuar con El Cocinero Errante –sabía que Harper se iba a llevar una desilusión y eso le preocupaba. Pero el negocio era el negocio–. Tengo que hacer algunas cosas antes de ir a Nueva York.

Cole aún no había ido a Las Vegas a ocupar su cargo, por lo que tendría que darle instrucciones a Dae para que se encargara de todo durante unos días. El chico era listo.

–¿Cómo has llegado hasta aquí?

–En avión. Los de Network van a enviar un avión particular para que venga a recogernos esta noche.

Al menos no tenía que encargarse de comprar billetes de avión. Lo peor iba a ser decirle a Harper que se marchaba, teniendo en cuenta que Batouri iba a abrir en diez días. Lo mejor era decírselo cuanto antes.

Después de marcharse de la suite de Ashton, Harper pasó el resto de la noche tumbada en el sofá viendo un episodio tras otro de El Cocinero Errante, incapaz de creer que había realizado su sueño sexual mientras veía la imagen de Ashton en la pantalla.

Se pasó una mano por los secos y cansados ojos antes de levantarse del sofá para ir a preparar café.

Por primera vez en la vida, no tenía ganas de hacer nada. Pero debía llamar a Mary para que su secretaria no se preocupara.

Con un suspiro, agarró el teléfono. El hotel marchaba bien y no había motivo para que el gerente no pudiera encargarse de él durante un rato.

–Voy a tomarme un descanso –le dijo a Mary cuando esta contestó la llamada–. Si hay algún imprevisto, que Bob se encargue de ello.

Después de arreglarse, Harper fue al garaje a por el coche y se fue de compras al centro comercial a modo de terapia.

Fue de tienda en tienda sin comprar nada mientras meditaba acerca del dramático cambio en su vida. Tenía que hablar con su abuelo y contarle lo que había descubierto, a pesar de que ni a Scarlett ni a Violet les parecía buena idea, no podía basar su vida en una mentira.

Entró en una librería, hacía mucho tiempo que no leía. Agarró un libro de su escritor preferido y se dirigió a la caja para pagar.

Mientras esperaba detrás de una madre con dos niños menores de cinco años, paseó la mirada por una mesa con libros. Uno de ellos le llamó la atención, en la cubierta había un leopardo. De pequeña había pasado horas hojeando libros con fotos de animales africanos en la casa de su abuela, en Hamptons.

De repente, se le erizó la piel. Penélope había tenido una aventura amorosa con un hombre que se dedicaba a fotografiar la vida de los animales salvajes. ¿Era mera coincidencia que le hubiera regalado a su abuela un libro con fotos de animales salvajes? No, no lo era.

Salió de la cola y se acercó a la mesa de los libros. Casi con desesperación, agarró el móvil y marcó el teléfono de la casa de su abuela. Como era de esperar, Tilly, el ama de llaves, contestó la llamada.

–Hola, Tilly, soy Harper.

–Hola, Harper. Lo siento, pero tu abuela no está en casa en este momento.

–¿Podrías hacerme un favor?

–Claro.

–En la biblioteca hay un libro con fotos de animales salvajes de África, mi madre le regaló a la abuela ese libro hace muchos años. A mí me encantaba, pero no he vuelto a echarle un vistazo desde que tenía trece o catorce años. ¿Podrías ir a ver si está?

–Sí, ahora mismo voy, espera un momento –Tilly tardó unos minutos en regresar–. Sí, aquí lo tengo.

Harper sintió un gran alivio.

–¿Te importaría decirme quién es el fotógrafo?

–Greg LeDay.

–Perfecto. Muchas gracias, Tilly. Y, por favor, no digas a nadie que he llamado. Como de costumbre, llamaré a la abuela el domingo.

Harper cortó la comunicación, nerviosa. ¿Era Greg LeDay su padre? Con dedos temblorosos, accedió a Internet con el móvil, tecleó el nombre del fotógrafo y esperó a ver los resultados. El fotógrafo tenía su propia página web. Pronto apareció una foto de él en blanco y negro: guapo, de unos cincuenta y tantos años, al lado de un todoterreno y con una cámara en la mano; a sus espaldas había varias jirafas.

La postura relajada de ese hombre y la sonrisa traviesa le recordaron tanto a Ashton que casi se quedó sin respiración. Ambos estaban cortados por el mismo patrón. No era de extrañar que le atrajera tanto la estrella de El Cocinero Errante; por sus propias venas corría la sangre de un aventurero.

Después de contemplar la foto varios segundos, echó un vistazo a la página web. Además de ser fotógrafo, Grez LeDay organizaba viajes para gente interesada en fotografiar animales salvajes. De hecho, tenía organizados varios viajes en los próximos meses. Uno de ellos era dentro de dos días.

De repente, decidió enviar un mensaje electrónico a LeDay para apuntarse al viaje. Cambió el libro que había tenido intención de comprar por una guía de Sudáfrica y, después de pagar, se dirigió a la tienda de deportes más cercana.

Compró una bolsa parecida a la de Ashton y todo lo necesario para el viaje. Pero cuando se encontró en el coche con las compras en el maletero, se preguntó si no habría perdido la cabeza. ¿Qué le había hecho pensar que a su padre le iba a encantar verla aparecer sin más?

Presa de un sorprendente entusiasmo, regresó a la suite del hotel y colocó todo lo que había comprado encima de la cama. Una cantidad ingente de objetos.

Salió del dormitorio y se puso a buscar vuelos en

Internet a Johannesburgo, Sudáfrica. Había varios vuelos, todos ellos salían aquella misma tarde. ¿Para qué iba a esperar? Ahora que había decidido marcharse, lo mejor era hacerlo cuanto antes.

Hizo la bolsa de viaje rápidamente. Era muy pequeña, apenas pesaba quince kilos, con todo lo que iba a necesitar. Se puso unos vaqueros, una camiseta blanca y una chaqueta de cuero marrón.

Cuando apagó las luces y cruzó el umbral de la puerta de la suite, Harper tuvo la sensación de haber iniciado un viaje a un mundo nuevo, sin saber qué iba a ocurrir y sin poder controlarlo.

Había recorrido la mitad del pasillo cuando se abrieron las puertas de uno de los ascensores y Ashton apareció a la vista, también con la bolsa de viaje en la mano. Al verla, se quedó en medio de las puertas, evitando que se cerraran.

–¿Adónde vas? –preguntó Ashton mientras ella entraba en el ascensor.

–Podría preguntarte lo mismo –respondió Harper decepcionada. Necesitaba que Ashton estuviera en Las Vegas para encargarse de la apertura del restaurante.

–Iba a verte –anunció él.

Harper señaló la bolsa de viaje de Ashton.

–¿Y después de verme?

–Tengo que ir unos días a Nueva York. Las negociaciones con la cadena de televisión están pasando por un momento crítico. Estoy a punto de que no me contraten.

A Harper le renació la esperanza. Si Ashton no

hacía el nuevo programa, se quedaría con El Cocinero Errante.

–Quizá no sea tan terrible.

–Si hiciera el programa nuevo viviría en Nueva York la mayor parte del año.

Donde estaría ella si se olvidara de su padre natural y aceptara ponerse al frente de Fontaine Hotels y Resorts. ¿Podrían entonces profundizar en su relación?

–En cualquier caso, lo importante ahora es que te vas una semana y media antes de inaugurar Batouri.

Ashton apretó los labios.

–Está todo controlado. Le he dado a Dae las recetas y sabe lo que tiene que hacer. Se encargará de todo hasta que llegue Cole. Además, yo volveré dentro de unos días.

–Es tu restaurante. Es tu reputación lo que está en juego. Tú sabrás lo que haces.

–¿Y tú, qué es lo que estás haciendo? Si te diriges a Nueva York, puedes venir conmigo en el avión particular que nos ha enviado la empresa.

–No, gracias. Tengo un vuelo reservado y no es para Nueva York.

Ashton se fijó en el atuendo que llevaba y en la bolsa de viaje.

–¿Adónde vas?

–A Sudáfrica.

***

Las puertas del ascensor se abrieron y Harper salió con paso decidido y enérgico. Ashton la siguió. Ya que los dos se dirigían al aeropuerto, disponía de unos veinte minutos para llegar al fondo del asunto.

–¿Cuánto tiempo vas a estar fuera?

–No lo sé. Una semana o dos. Depende.

–No sabía que Fontaine tuviera hoteles en África.

–No los tiene.

Una vez que ambos se hubieron acoplado en el coche y con las maletas en el maletero, Ashton continuó el interrogatorio:

–¿Es un viaje de placer o de negocios?

–¿A qué viene tanta curiosidad?

–Teniendo en cuenta que Batouri va a inaugurarse en menos de dos semanas, podrías haber mencionado que tenías pensado salir del país.

–Ha surgido un asunto imprevisto.

–¿Cuándo?

–Este mediodía.

El tráfico era fluido y el trayecto al aeropuerto, que normalmente llevaba unos veinte minutos, iba a llevar solo diez. No disponía de mucho tiempo.

–¿Qué demonios pasa, Harper? Tu comportamiento es de lo más extraño.

–No es verdad –respondió.

–No te entiendo.

–A los once años me propuse un plan de vida que he seguido a rajatabla. Me puse metas a alcanzar y lo conseguí, todo ello para llegar a un objetivo final.

–Dirigir la cadena hotelera de tu familia.

Harper asintió.

–Pero aunque nadie lo sabe, muchas veces me he preguntado a mí misma por qué no dejarlo todo y marcharme, agarrar una bolsa de viaje y ver el mundo montada en moto, en todoterreno o incluso en camello.

El coche había llegado al aeropuerto y, tan pronto como se detuvo, Harper abrió la portezuela y salió. El conductor sacó las maletas y Harper se dispuso a entrar en la terminal.

–Mi vuelo sale dentro de una hora y media. Tengo que facturar, pasar los controles y demás.

–No te sobra tiempo. Dime, ¿por qué vas a Sudáfrica?

–Se trata de un asunto privado. Un asunto de familia –respondió ella tras lanzar un suspiro.

–¿No vas a decirme de qué se trata?

–Quizá cuando vuelva.

–Harper, por favor –a Ashton le preocupaba verla así, le molestaba su distanciamiento–. Te he contado cosas que no le he contado a nadie.

Harper, con la mirada, le suplicó que la dejara marchar. Pero Ashton se mantuvo firme.

–De acuerdo, te lo diré. Voy a Sudáfrica a ver a un hombre que puede que sea mi padre.

–Creía que tu padre había muerto.

–El hombre que creía que era mi padre ha muerto, sospecho que mi verdadero padre es un fotógrafo de animales salvajes, aunque también organiza safaris por toda África.

Ashton, a pesar de que Harper no había perdido la compostura, notó lo afectada que estaba.

–¿Así que no eres una Fontaine?

–Eso parece. Y como no soy una Fontaine, no tengo derecho a dirigir la empresa de la familia.

–Llevas toda la vida preparándote para ello.

–Mi abuelo quiere que sea una de sus nietas quien ocupe el cargo de director ejecutivo.

–¿Y crees que te va a rechazar por no tener lazos de sangre?

–Tú no sabes lo importante que la familia es para mi abuelo.

Ashton resumió en unas palabras lo que sentía por ella:

–¿Cómo puedo ayudarte?

–No puedes –respondió ella sacudiendo la cabeza vehemente.

A pesar del rechazo de Harper, Ashton insistió:

–¿Adónde vas exactamente?

–A Pretoria.

–¿Dónde vas a hospedarte?

–Todavía no lo sé.

–Tengo un amigo en el hotel Pretoria Capital. Ve allí y pregunta por Giles Dumas, es el jefe de cocina del restaurante del hotel.

–Gracias –Harper sonrió con gratitud–. Lo siento, Ashton, pero tengo que irme ya; si no, voy a perder el vuelo.

Capítulo Ocho

Desde el aeropuerto de Johannesburgo, Harper tomó un tren que iba directo del aeropuerto a Pretoria. En menos de media hora alcanzó su destino, reservó una habitación en el hotel que Ashton le había sugerido por dos noches.

Cuando el tren llegó a la estación de Marlboro, Harper se levantó de su asiento y esperó a que disminuyera el flujo de gente en el pasillo para agarrar la bolsa y salir.

De repente, sintió un golpe en la sien que la hizo perder el equilibrio. Atontada por el golpe y a punto de perder el conocimiento, no tuvo fuerzas para resistirse cuando alguien la tiró otra vez encima del asiento y le quitó el bolso en el que llevaba el dinero y el pasaporte.

Cuando logró recuperar el sentido, la persona que le había asaltado se había marchado, y todos los pasajeros se habían bajado del tren.

Logró ponerse en pie; pero antes de que pudiera agarrar la bolsa con su equipaje, las puertas del vagón se cerraron y el tren se puso en marcha. El dolor de cabeza la hizo caer en el asiento y cerrar los ojos.

Y ahora… ¿qué?

***

Ashton salió del taxi en la esquina de la Novena Avenida y la Calle Veintiocho, en Chelsea. Al momento, vio a su amigo Craig Turner, que le esperaba en la acera; había avisado a su amigo de que su entrevista con los de Lifestyle era a las dos de la tarde, por lo que disponía de bastante tiempo. Craig Turner seguía haciendo trabajo voluntario en La Cocina de los Santos Apóstoles.

–Ashton, qué alegría verte –el cocinero de sesenta y cinco años le abrazó–. Tienes un aspecto estupendo. La televisión te sienta bien.

Antes de la serie, Ashton había pasado dos años en Nueva York trabajando bajo las órdenes de Craig y de él aprendió todo lo que sabía respecto a llevar un restaurante.

–No sabes cuánto me alegro de que hayas venido a verme –comentó Craig sonriente.

–Es un placer.

–Vengo aquí una vez a la semana a trabajar de voluntario en la cocina. Esta gente sirve a más de mil personas todos los días durante dos horas. Me da mucha satisfacción ayudarles.

–Es natural –Ashton sonrió. Pero tan pronto como entró en la concurrida iglesia, el recuerdo de las cenas que habían organizado sus padres para los pobres le hizo ponerse muy tenso. Comenzó a servir comidas y a relajarse poco a poco. Y al ver gratitud en las miradas de los que pasaban por delante de él,

103

pensó en la cantidad de gente a la que sus padres habían ayudado.

Quizá se había excedido, quizá había sido demasiado duro con sus padres. No obstante, no podía disculpar a su padre por imponer que todo el mundo debía creer lo que él. Nunca había aceptado una opinión contraria a la suya. Si su padre le hubiera escuchado alguna vez, él habría entendido que valoraba su opinión y no se habría marchado de casa.

Unas horas después, Ashton se despidió de los voluntarios y salió a la calle acompañado de Craig.

–Gracias por la ayuda. Tengo el coche aquí, ¿quieres que te deje en alguna parte?

Ashton sacudió la cabeza.

–No, gracias. Voy a andar un poco.

–Me alegro mucho de verte. A ver si, una vez que ya estés instalado aquí, cenamos juntos una noche.

–Sí, me encantaría.

Los dos amigos se separaron y Ashton caminó calle abajo como si tuviera algún sitio adonde ir, cuando la verdad era trataba de huir de la presión que sentía en el pecho.

Giles aún no se había puesto en contacto con él. Dado que el vuelo de Harper era de veintiséis horas y teniendo en cuenta que la diferencia horaria entre Nueva York y Johannesburgo era de siete horas, imaginaba que debía haber llegado ya. Le preocupaba no saber nada de ella.

***

¿Cuántos kilómetros se había alejado de Pretoria?, se preguntó Harper. Justo en el momento en que se había formulado la pregunta, el tren comenzó a disminuir la velocidad. Cuando las puertas del vagón se abrieron, ella ya estaba en pie y con el asa de la bolsa de viaje en la mano.

Se sentó en un banco del andén. No tenía dinero ni el pasaporte, pero tenía el billete de tren y la tarjeta de crédito en el bolsillo trasero del pantalón, se la había metido ahí al comprar el billete de tren en el aeropuerto. Como llevaba el móvil en la mano cuando la atacaron, aún lo tenía. Igual que la bolsa con el equipaje.

No había sido un desastre total. Tomaría el tren de vuelta a Pretoria y, una vez allí, haría que un taxi la llevara a la embajada americana.

Todo lo que necesitaba era el certificado de nacimiento y una foto. De repente, la angustia volvió a asaltarla. Sin papeles que la identificaran, ¿cómo iba a demostrar quién era?

Harper se miró las manos. Estaba muy lejos de su casa y sola. Le dolía la cabeza y el miedo le nublaba el entendimiento. Pero, a base de fuerza de voluntad, el cerebro comenzó a funcionarle de nuevo. Lo primero que tenía que hacer era averiguar cuál era el próximo tren a Pretoria.

Quince minutos después, se dejó caer en el asiento del tren con destino Pretoria. Ya se sentía mucho mejor. Con el móvil, localizó la dirección de la embajada americana y también el hotel de Ashton. Una vez hospedada, haría que Mary le enviara allí los documentos y, con ellos en la mano, iría a la embajada. En el hotel, como iba recomendada por Ashton, quizá la dejaran hospedarse allí sin necesidad de entregar el pasaporte.

Una hora más tarde, en la recepción del hotel, Harper repitió por tercera vez que le habían robado. El hambre y la frustración la estaban mermando la energía.

–No, no he ido a una comisaría a poner una denuncia. No sabía dónde había una comisaría. Lo único que quería era venir aquí y reservar una habitación.

–No podemos darle una habitación sin documentación –le explicó el gerente–. ¿No tiene una copia de su pasaporte?

–Como le he dicho a la otra persona con la que he hablado, he venido a Pretoria de súbito y no me ha dado tiempo a hacer copias de mis documentos. Mi secretaria va a enviarme documentos esta noche, pero necesito un lugar en el que estar y donde ella pueda enviármelos.

–No podría enviárselos aquí si no tiene reservada una habitación.

Harper cerró los ojos y respiró hondo.

–Giles –se le había olvidado–. Me recomendaron este hotel y me dijeron que preguntara por Giles… –no recordaba el apellido–. Creo que es el jefe de cocina del restaurante.

–Sí, lo es –respondió el gerente.

–¿Está por aquí? Ashton Croft me dijo que preguntara por él.

–Llamaremos a la cocina. Siéntese mientras vemos si tiene tiempo de venir a hablar con usted.

No era muy esperanzador, pero en ese momento no estaba para exigir nada.

–Tengo bastante hambre, así que le esperaré en el restaurante.

Una empleada la guio hasta un patio y, con un suspiro de alivio, se sentó. Una sonriente camarera acudió con el menú. Parecía todo tan bueno que le costó elegir; al final, se decantó por *picatta* de faisán.

Se lo llevó a la mesa un hombre alto, guapo, con cabello negro salpicado de canas, una elegante perilla y con chaqueta y gorro de cocinero.

–¿Es usted Harper Fontaine?

Al darse cuenta de quién era, Harper no pudo contener las lágrimas y se limitó a asentir.

–Soy Giles Dumas. Según tengo entendido, ha sufrido un desagradable percance –el hombre sonrió y ella volvió a asentir–. Nuestro común amigo se va a alegrar mucho de saber que ha llegado. Y ahora, dígame, ¿en qué puedo ayudarla?

Capítulo Nueve

De espaldas a la mesa en la sala de conferencias, Ashton contemplaba la vista de la ciudad de Nueva York. A sus espaldas, Vince estaba hablando con dos tipos de la cadena de televisión. La grabación del programa piloto no había ido tan bien como a él le habría gustado; pero después de dejar a Harper en el aeropuerto, no había conseguido concentrarse, estaba nervioso y distraído. Y no se tranquilizaría hasta que Giles le llamara y supiera que Harper había llegado al hotel.

Vince se le acercó con expresión seria.

–No les ha gustado la grabación, ¿verdad? –dijo Ashton.

–No era lo que esperaban –respondió Vince–. Algunas cosas les han gustado, pero quieren cambiar otras, como tu imagen.

–¿En qué sentido quieren que cambie de imagen?

–Quieren que te olvides de los vaqueros y la chaqueta de cuero y te vistas de blanco, de cocinero. Y también quieren que te cortes el pelo. En definitiva, quieren una imagen más sofisticada.

No era demasiado exigir, pero Ashton no quería aparentar lo que no era.

–¿Algo más?

–Les gustaría que te quedaras unos días más en Nueva York.

Ashton necesitaba volver a Las Vegas, a Batouri. Aunque Dae estaba en contacto con él constantemente y le había asegurado que todo iba bien, solo faltaba una semana y media para la inauguración del restaurante. Y, como Harper había observado en repetidas ocasiones, Batouri era su responsabilidad.

–Ash, ¿qué quieres que les diga? –preguntó Vince.

–Diles que no.

–¿Has perdido la cabeza? No puedes decirles que no después de haber dejado El Cocinero Errante. ¿Y si contratan a otro? ¿Qué vas a hacer?

Vince parecía haber olvidado que él tenía varios restaurantes en distintos países, no necesitaba trabajar en televisión para ganarse la vida.

–Escribir un libro de cocina.

–¿Un libro de cocina? ¿Te has vuelto loco? Lifestyle Network puede hacerte famoso.

–Llevan mareándome durante cuatro meses y ahora, de repente, quieren que lo deje todo sin más. No, van a tener que esperar –declaró Ashton.

–Eso no les va a gustar –Vince desvió la mirada a los ejecutivos de la cadena–. Es posible que busquen a otro.

–Bien, que se busquen a otro –espetó Ashton.

–De acuerdo, tú mandas –contestó el agente con seriedad–. Además, una vez que se sepa que no has firmado con ellos todavía, te van a llover ofertas.

Ashton no estaba seguro de que su agente tuviera razón, pero sí lo estaba de su decisión. Entretanto, se encargaría de preparar Batouri para el día de la inauguración y pasaría más tiempo con Harper.

Al pensar en ella, su optimismo se desmoronó. ¿Por qué no conseguía quitarse de la cabeza que debería haberla acompañado a África?

—Tengo que ir al aeropuerto —anunció Ashton de repente—. Ya me contarás cómo ha acabado todo.

—¿Te vas a Las Vegas ahora?

—No, todavía no.

—Entonces, ¿adónde vas?

—A Pretoria.

Vince no pudo evitar mostrar su sorpresa.

—¿Adónde?

—A Sudáfrica.

El segundo día de Harper en Sudáfrica fue mucho mejor que el primero. Antes de acostarse, llamó a Mary y su secretaria le iba a enviar la documentación al hotel.

Harper tomaba una copa de vino a mediodía en un rincón del patio. Una sombra se cernió en la hoja de la guía turística de Sudáfrica que estaba leyendo. Levantó la cabeza y se encontró con Ashton, vestido con unos vaqueros y una camisa azul claro remangada, la chaqueta de cuero al hombro y su bolsa de viaje al lado.

Harper estaba demasiado sorprendida para responder a la sonrisa de él.

–¿Qué haces aquí?

–Se me ha ocurrido que vas a necesitar que alguien escriba tu primera aventura, así que aquí estoy –Ashton se sentó en la silla contigua a la de ella.

–¿No tenías una reunión en Nueva York?

–Ha terminado antes de lo esperado. Así que me he montado en un avión y… ya ves.

–A mí me ha llevado veintiséis horas llegar. ¿Cómo has podido venir tan rápido?

–Los vuelos directos desde el aeropuerto JFK de Nueva York son de quince horas. ¿Qué estás bebiendo?

–Un vino de la zona. Está bastante bien –Harper, aún perpleja, le miraba fijamente. Y feliz–. ¿No deberías estar en Las Vegas encargándote de la inauguración de Batouri?

–Hace una hora he hablado con Cole, que ya está en Las Vegas, y me ha dicho que todo marcha bien. Dime, ¿qué tal tu viaje hasta ahora?

Harper no tuvo más remedio que fiarse de Ashton; al fin y al cabo, ella también se había marchado de Las Vegas en un momento crítico.

–Llamaste a Giles para decirle que iba a venir. ¿Cómo sabías que lo haría?

–Ya que no habías hecho reserva en ningún hotel, era de esperar que siguieras mi recomendación.

El brillo en los ojos de él la irritó. Agarró la copa de vino y bebió un sorbo.

–Ya que te has permitido venir aquí sin más, la reunión en Nueva York ha debido ir muy bien, ¿no?

–No. Ha ido bastante mal –Ashton hizo una señal a la camarera–. Querían que me cortara el pelo, así que les he mandado a pasero.

La camarera se acercó y Ashton pidió una copa de vino y un aperitivo.

–¿Y en vez de regresar a Las Vegas has venido aquí? ¿Por qué? –¿acaso creía Ashton que se iba a alegrar de verle? Aunque sí se alegraba, y mucho.

–Me parecía que no estabas preparada para viajar sola.

–¿Crees que necesito una niñera?

–¿He dicho yo eso? –preguntó Ashton con fingida inocencia.

–Has hablado con Giles, ¿verdad?

–Me llamó antes de que saliera mi vuelo.

–Te lo ha contado todo, ¿no?

–¿Qué es lo que se supone que me ha contado?

–Que me robaron en el tren –al ver que Ashton no reaccionaba con sorpresa, se dio cuenta de que sus sospechas eran fundadas–. Supongo que te parece una estupidez que haya venido aquí sola.

–No, en absoluto. Este país es seguro para los turistas. Lo que te ha pasado podría haberte ocurrido en Nueva York o en Las Vegas. Pero siento mucho que te hayan atacado y no puedo perdonarme no haber venido contigo.

Las palabras de Ashton la emocionaron.

–Tenías cosas que hacer.

–Ninguna de ellas es más importante que tú.

Era toda una confesión, y Harper se preguntó cómo reaccionaría si le dijera que se estaba enamorando de él. Mejor no. Si le confesaba sus senti-

112

mientos, Ashton podía darse media vuelta y agarrar el primer avión de regreso a Estados Unidos. Y ella le necesitaba desesperadamente; sin embargo, debía hacerle creer que no era así.

En ese momento llegó la camarera con el queso y el vino, y ambos empezaron a comer.

—¿Cuándo vas a ir a la embajada a por el nuevo pasaporte?

—Mi secretaria ha enviado ya los documentos. Iré cuando los reciba.

—¿Y mientras tanto? ¿Has localizado a ese hombre que crees que es tu padre?

—Se llama Grez LeDay. Esta mañana se ha marchado al parque nacional de Kruger, a un safari organizado. No volverá hasta dentro de diez días y yo no puedo esperar tanto —Harper sonrió—. Me parece que mi primera aventura está resultando ser un completo desastre.

Después de la segunda copa de vino, Ashton se miró el reloj y Harper se dio cuenta de que el tiempo volaba cuando estaba con él.

—Voy a darme una ducha y luego te voy a llevar a cenar —declaró Ashton.

—¿Tienes habitación reservada?

—No, todavía no —Ashton se puso en pie y agarró la bolsa de viaje.

—En ese caso, ¿por qué no vas a mi habitación a ducharte?

Ashton se la quedó mirando.

—Los dos sabemos qué va a pasar esta noche. ¿Para qué pagar dos habitaciones?

–¿No te parece que estás adelantando aconteci-
mientos?

A pesar de aparentar calma, Harper enrojeció.
Pero, poniéndose en pie, fingió una confianza en sí
misma que no sentía.

–Soy realista, eso es todo.

Ashton la rodeó con los brazos y la besó.

–¿Te he dicho alguna vez lo mucho que me gusta lo práctica que eres?

Relajándose en los sólidos brazos de Ashton,
Harper esbozó una sonrisa de satisfacción.

–Ya me lo dirás después de la cena.

–¿Qué te parece un poco antes y mucho después?

–Aceptable.

El sol se filtró por la rendija de las cortinas y Ashton se despertó. A juzgar por la luz, debía de ser alrededor del mediodía. No le extrañaba haber dor-
mido tanto, entre el viaje y la insaciable Harper
Fontaine lo que le sorprendía era no haber dormi-
do hasta por la tarde.

Se tumbó de espaldas, estiró los brazos y fue entonces cuando se dio cuenta de que estaba solo en
la cama. Al volver la cabeza vio una nota encima de la
almohada. La leyó e hizo una mueca. Harper había
ido a la embajada a encargarse del pasaporte, lo que
significaba que aún tardaría en volver.

Ashton se sentó en la cama y se peinó el cabello
con los dedos. Emplearía productivamente el tiem-

po que iba a estar solo. La noche anterior, mientras charlaban durante la cena, se le había ocurrido que, por corto que fuera el viaje de Ashton, no debía marcharse de Sudáfrica sin conocer algo de la belleza natural del país.

Le llevó una hora de llamadas telefónicas prepararlo todo. Cuando Harper regresó, media hora después, se la veía contenta y orgullosa de sí misma. Él, al momento, la abrazó.

–¿Cómo te ha ido en la embajada?

–Me han regañado por no ir a la comisaría a poner una denuncia, pero me van a dar un pasaporte provisional, lo tendrán listo mañana al mediodía.

–Muy bien. Yo también tengo noticias –Ashton la empujó hacia la puerta de la habitación–. Vamos a comer algo y te lo contaré.

La llevó a un restaurante de aspecto modesto en el que servían un bufé exquisito. Mientras comían, Ashton anunció:

–He encontrado a tu padre.

–Eso ya lo había hecho yo.

–Sí, pero sé dónde está exactamente en estos momentos por mis contactos –Ashton alzó su copa, felicitándose a sí mismo–. Un conocido mío conocía a otro tipo que ha contratado a tu padre en ciertas ocasiones para hacer fotos y que tiene su teléfono. Al parecer no se encuentra muy lejos de aquí. No he conseguido que nos dejen quedarnos en el campamento en el que él está, pero un amigo mío tiene una cabaña a una hora en coche del campamento de tu padre.

Harper había dejado de comer y le miraba con asombro.

–¿Cuándo?

–Nos iremos mañana, después de que recojas el pasaporte. He contratado una avioneta para que nos lleve a Nelspruit, allí recogeremos el coche que he alquilado e iremos al parque nacional Kruger. Nos llevará un par de horas aproximadamente. Podremos verle antes de que salga del campamento pasado mañana.

–No sé qué decir –dijo ella con voz temblorosa–. Ya estaba pensando en marcharme sin conocerle. Gracias.

Ashton le tomó la mano y ella sonrió mientras entrelazaba los dedos con suyos.

A las dos de la tarde del día siguiente recogieron el pasaporte provisional de Harper. De la embajada se dirigieron directamente al aeropuerto. Allí se reunieron con el piloto de un avión de ocho pasajeros.

Tres horas más tarde, con el sol aproximándose al horizonte, Ashton detuvo el coche de alquiler al lado de un viejo Range Rover. Siguiendo el curso del río había seis lujosas tiendas de campaña con cama de matrimonio, cuarto de baño y terraza. Las tiendas de campaña estaban rodeadas de árboles grandes, lo que les confería gran privacidad, y se accedía a ellas por pasarelas de madera.

–¿Por qué no vas a echar un vistazo mientras yo voy a firmar en recepción?

Con cara de asombro, Harper abrió la portezuela del coche y salió.

–Cuando me dijiste que íbamos a pasar dos días en una tienda de campaña no me imaginé que fuera así.

–Ya sé que no hay camellos y no estamos en un desierto pero, al menos, son tiendas de campaña. Espero que te guste.

–¡Cómo no me va a gustar! –exclamó Harper con visible placer.

Harper le acompañó hasta una tienda abierta, que era un salón, y se acercó a una pequeña piscina junto a la terraza de tarima de la tienda con vistas al río. Mientras Ashton se encargaba de registrar sus nombres en la recepción, ella se paseó hasta encontrar un pequeño comedor, también en una tienda de campaña abierta, con mesas cubiertas con manteles blancos, vajillas y copas, sillas de madera de caoba y candelabros.

Era un lugar lujoso en medio de una selva. ¿Había sabido Ashton de antemano lo romántico que era ese lugar? Estaba deseando ver dónde iban a dormir.

Harper se dio media vuelta y fue a buscar a Ashton, sintiéndose tranquila y relajada.

–¿Lista? –le preguntó una voz a sus espaldas.

Harper giró sobre sus talones y aceptó la mano que le tendía.

–Me encanta este sitio.

–Me alegro de que te guste.

Recorrieron un camino iluminado por lámparas colgadas que iba por detrás de las tiendas. Cuando llegaron a la última, Ashton abrió la puerta.

Harper lanzó un quedo grito de placer. El techo de la tienda, sujeto en el medio por un poste de madera, tenía una altura de unos cinco metros y de él colgaba una araña de cristal. Había una cama de matrimonio, un armario de madera de castaño con puertas de cristal y una zona de estar con un sofá y dos sillones junto a una chimenea. Lámparas de pared proyectaban una luz dorada en la estancia. Encima de una mesa de centro estilo colonial había una cubeta de hielo con una botella de champán.

Harper se quitó las sandalias y hundió los dedos de los pies en la espesa alfombra. Después de girar sobre sí misma, se acercó a Ashton y le dio un beso sensual.

–He estado en muchos hoteles de cinco estrellas, pero ninguno tan bonito como este –murmuró ella apoyando el rostro en el pecho de Ashton–. Es el sitio más bonito que he visto en mi vida.

–Me alegro mucho de que te guste.

Llamaron a la puerta y Ashton se acercó a ver quién era. Era el botones, que dejó el equipaje al lado de la puerta y les indicó cómo bajar las solapas de la tienda sobre las ventanas de rejillas por si tenían frío durante la noche. Cuando se marchó, Harper sonrió a Ashton sensualmente y le empujó hacia el sofá.

Ashton se quitó la camisa mientras ella le desabrochaba el cinturón. Después, Harper le bajó la cremallera de los pantalones y le tiró al sofá. A continuación, se sentó a caballo encima de él.

Harper hundió los dedos en el cabello de Ashton y se apoderó de su boca con un beso que no dejaba lugar a dudas respecto a sus intenciones. Él le respondió con la pasión que ella exigía, gimió mientras Harper se frotaba contra su erección. Pero los dos querían más.

Ashton la despojó de la camisa y del sujetador. Entonces le cubrió los pechos con las manos y los pezones se le irguieron provocativamente.

Harper le chupó los labios y respiró el aliento de Ashton. Al bajar la mano y liberarle el miembro, le oyó gruñir de placer. Sonriendo, le mordisqueó la garganta al mismo tiempo que le acariciaba el pene, y entonces volvió a apoderarse de su boca. El cuerpo de Ashton sufrió una sacudida.

Ashton, sorprendido, lanzó una maldición y ella rio. Dejó caer la cabeza sobre el respaldo del sofá y ella continuó acariciándole lentamente. Cuando notó que lo tenía sometido a su magia de nuevo, le quitó los pantalones y los calzoncillos.

Harper contempló ese maravilloso cuerpo de hombre. Con rapidez, se quitó las bragas y volvió a ocupar la misma posición de antes en el sofá. Sin abrir los ojos, Ashton le acarició las caderas, las nalgas y los muslos. Ella jadeó cuando los dedos de él la penetraron. Temblando, se agarró a los hombros de Ashton y se rindió al placer.

Ashton se llenó la boca con sus pechos y ella gritó quedamente mientras se los chupaba.

–Ashton, no puedo aguantar más –dijo Harper consumida por el deseo.

Ashton la colocó y, al momento, se hundió en

ella. Casi al instante, Harper comenzó a mover las caderas con un ritmo seductor y él se acopló a su ritmo con toda naturalidad.

Se quedó hipnotizado con el movimiento de los pechos de Harper cuando ella arqueó la espalda y se rindió al placer, liberando la tensión que su cuerpo había acumulado.

Ashton aminoró el ritmo de sus empellones al tiempo que los profundizaba mientras la veía estallar y alcanzar el clímax. En aquel lugar mágico, le enterneció la vulnerabilidad de Harper y también su fuerza. Se había entregado a él por completo, no se había guardado nada.

–Ha sido increíble –dijo Harper mirándole fijamente a los ojos–. Ahora tú.

Sometiéndose a las órdenes de ella, Ashton se lanzó a alcanzar su propio orgasmo. Tardó menos de lo que le habría gustado, pero su orgasmo duró lo que se le antojó una eternidad, y fue de una intensidad casi dolorosa.

Mientras dejaba que los espasmos se disiparan, Ashton se abrazó a ella y ocultó el rostro en su garganta.

–Eres increíble –dijo él.

–Tú tampoco estás mal –Harper le dio un beso en el hombro–. ¿Cuánto tiempo falta para la cena?

–Un par de horas, creo. Pero me da igual no cenar.

–¿No le extrañará a Franco que no vayamos a cenar?

–No, en absoluto. Te vio cuando te acercaste a la

piscina y estoy seguro de que comprenderá que no me apetezca.

Harper le dio un golpe en las costillas y él protestó.

–¿Hay baño en esta tienda o tenemos que lavarnos en el río?

–A menos que quieras encontrarte con un cocodrilo cara a cara, mejor no vayas al río –Ashton le apartó unas hebras de pelo del rostro y le besó la mejilla–. Hay una ducha fuera y también hay un cuarto de baño ahí detrás –Ashton señaló la pared detrás del armario.

Ashton aceptó el beso que ella le dio en los labios y la vio acercarse desnuda a las bolsas con el equipaje para después dirigirse al cuarto de baño. Harper tenía un cuerpo atlético, era inteligente, era romántica y era idealista. Lo tenía todo.

Pero Ashton estaba preocupado con el encuentro al día siguiente entre Harper y su padre. Lo que más quería en el mundo era ahorrarle a Harper una desilusión; sin embargo, al menos él estaría con ella si el encuentro no resultaba ser lo que Harper había esperado.

Capítulo Diez

El sol se cernía en el horizonte cuando se acercaron al campamento de Grez LeDay. Se habían levantado tarde y no habían llegado al campamento a tiempo de ver a LeDay antes de que este saliera con sus clientes.

Habían pasado las últimas seis horas de paseo en coche por el parque nacional Kruger y con cada hora transcurrida Harper estaba cada vez más nerviosa.

—Tranquila, ya estamos llegando —le dijo Ashton notando su intranquilidad.

—No sé cómo va a reaccionar.

—Mira, ahí están las camionetas, así que pronto lo sabrás. Ya han vuelto.

Antes de que a Ashton le diera tiempo a parar el Range Rover, Harper divisó a Grez LeDay. Llevaba pantalones caqui, una camisa de manga corta color crema y un chaleco con seis bolsillos. Un sombrero de ala ancha le coronaba la cabeza. Parecía mayor de lo que representaba en las fotos de la página web. Tenía la piel cuarteada y arrugas en los ojos.

Harper se acercó al grupo que rodeaba a LeDay, el corazón le palpitaba con fuerza. Le había pedido a Ashton que la dejara ir primero y presentarse.

LeDay la vio en las proximidades del grupo, la miró un momento y volvió a dirigir la atención a sus clientes.

–Hemos tenido un buen día. Mañana probaremos suerte con los felinos.

Los clientes se dispersaron y Harper se encontró a solas con LeDay.

–¿En qué puedo ayudarla?

–Me llamo Harper Fontaine –declaró ella, y esperó a ver si LeDay reconocía el apellido.

–Encantado de conocerla –respondió LeDay en tono neutral, como si el nombre no significara nada para él.

–Tengo entendido que hace años conoció a mi madre, Penélope Fontaine.

–¿Vino a alguno de mis safaris?

–No, la conoció en Londres, en una exposición de sus fotos.

–Lo siento, pero ese nombre no me dice nada.

–Déjeme que le enseñe una foto de ella.

Harper agarró el móvil y le enseñó una instantánea de su madre.

Pero LeDay, en vez de mirar la foto, se la quedó mirando a ella.

–Por qué no me dice a qué viene todo esto.

–Usted tuvo relaciones con mi madre.?

–¿Y qué si tuve relaciones con ella?

–De ser así, yo soy su hija.

LeDay apretó los labios, pero esa fue toda la reacción que la noticia le provocó. Se la quedó mirando en silencio.

Por fin, LeDay se cruzó de brazos.

–¿Qué es lo que quiere de mí?

–Nada –mintió Harper–. Lo que ocurre es que hace muy poco que me enteré de esto y, simplemente, quería conocerle.

La expresión de LeDay no había cambiado. Su frialdad era patente.

–¿De dónde es usted?

–En estos momentos vivo en Las Vegas.

–Eso está muy lejos de aquí.

–Esperaba que conocerle me ayudara a comprender algunas cosas.

–¿Se va a quedar aquí, en el campamento?

–No, venimos de Grant.

LeDay arqueó las cejas.

–¿Venimos?

Harper se volvió en dirección a Ashton y este, al verla, se apartó del coche y se encaminó hacia ellos.

–Este es Ashton Croft –declaró Harper al tiempo que le tomaba la mano a Ashton.

Los dos hombres se saludaron.

–He visto su programa de televisión –declaró LeDay–. Ha viajado usted mucho.

–Me apasiona la variedad de la cocina según las culturas.

LeDay indicó con la mano unas cuantas edificaciones.

–El restaurante está abierto y ya sirven cenas. ¿Quieren cenar aquí antes de volver a Grant?

–¿Cenaría usted con nosotros? –preguntó Harper esperanzada.

Tras una breve vacilación, LeDay asintió.

Una vez sentados a la mesa, Harper respiró hondo, sorprendida por lo nerviosa que estaba, y dijo:

–Siento mucho haberme presentado así, de improviso. Espero no haberle molestado.

–No estoy seguro de ser la persona que cree que soy.

–Si quiere que le sea franca, yo tampoco lo sé. Pero mi madre me ha contado que conoció a un fotógrafo de animales salvajes en una exposición de su trabajo en Londres y después compró un libro con fotos de él que le regaló a mi abuela –Harper se interrumpió, insegura. Pero al ver la mirada de aliento de Ashton, continuó–: Ya sé que así dicho suena…

–Déjeme ver la foto de su madre.

Harper agarró el móvil y se lo dio.

LeDay contempló la foto largo rato y, por fin, dijo:

–Penny.

¿Penny? Su madre odiaba los diminutivos.

–Una mujer preciosa. Pasamos juntos dos semanas. Esa mujer era todo un misterio. Hasta entonces, jamás había probado la cerveza ni había ido en metro. Sin embargo, hablaba de arte, historia y política.

–Sí, así es mi madre.

–Dígame, ¿qué hace usted en Las Vegas? ¿A qué se dedica?

–Mi familia… Dirijo un hotel. El hotel Fontaine Ciel.

–Fontaine. ¿Es ese el apellido de su madre?

Harper asintió.

–Es el apellido de mi madre de casada. Cuando estuvieron juntos, ¿sabía que ella estaba casada?

–No me dijo que estuviera casada y no llevaba anillo de bodas, pero me dio la impresión de que lo estaba –LeDay se interrumpió momentáneamente y su mirada se perdió en la distancia–. ¿Qué le hace pensar que yo soy su padre?

–Mi padre… Quiero decir el hombre que creía que era mi madre estaba en Macao cuando yo fui concebida. Mi madre no es la clase de mujer dada a las aventuras amorosas –Harper notó una expresión de duda en el rostro de LeDay y continuó apresuradamente–. Mi madre estaba casada con un hombre que la engañaba constantemente, pero sé que ella solo lo hizo una vez, con usted.

–Antes dijo que necesitaba entender algunas cosas. No sé cómo voy a poder ayudarla.

Por debajo de la mesa, Ashton acercó la mano a la suya, ofreciéndole apoyo y fuerza para continuar.

–La verdad es que no sé qué preguntarle. Creía que todo se aclararía al conocerle.

Tras esas palabras, Harper guardó silencio. Seguía confusa, incluso más que antes de conocer a LeDay. Mientras Ashton trataba de congraciarse con ese hombre haciéndole preguntas sobre su vida en África y su carrera como fotógrafo, ella se quedó escuchándoles con fascinación y creciente consternación. ¿Por qué había pensado que ese hombre se iba a alegrar de conocerla? Su pasión era aquel país, su vida salvaje, el ecosistema. Estaba por completo dedicado a ello, no había cabida para nada más.

Harper se dedicó a empujar la comida que tenía en el plato con el tenedor hasta que algo que LeDay dijo la sacó de su ensimismamiento.

–Tengo dos hermanas.

De repente, Harper se quedó perpleja al darse cuenta de que tenía dos tías a las que no conocía.

–Y media docena de sobrinos.

Se contuvo para no hacer más preguntas sobre esa familia a la que no conocía.

–Ashton –dijo ella por fin, tras decidir que había llegado el momento de dejar de esperar que LeDay diera señales de querer conectar con ella. Ese hombre había tenido relaciones breves con una mujer, punto. Ella era el resultado de esa aventura, pero no iba a afectar a la vida de LeDay en nada–, creo que deberíamos volver a nuestro campamento.

Entonces, tras dedicarle una amplia sonrisa a LeDay, añadió:

–Gracias por cenar con nosotros. Me alegro de haberle conocido.

–Ha sido un placer –respondió él.

–¿Lista? ¿Nos vamos ya? –le preguntó Ashton.

–Sí, vámonos.

LeDay no propuso mantener el contacto. Se despidió de ellos amablemente y Harper no pudo evitar pensar que quizá debería haberse quedado en casa.

–Vaya, no ha salido como esperabas, ¿verdad? –le comentó Ashton de camino al coche–. No es de extrañar, a un hombre como él la familia le da igual, lo único que le interesa son los safaris y las fotos, su verdadera pasión. No parece necesitar a nadie.

Sobrecogida por una profunda desilusión, Harper se dejó llevar por el mal humor.

—Sí, como otro que yo me sé.

—Critícame todo lo que quieras, pero aquí estoy, contigo.

Entraron en el vehículo y comenzaron el trayecto de regreso, con Harper reflexionando.

—¿Sabes una cosa? No tiene importancia que Le-Day me haya desilusionado —declaró ella con decisión en la voz—. Es más, me alegro. Ahora ya puedo dejar de preguntarme quién soy. Ahora puedo volver a mi vida y a mi trabajo sin mirar atrás. Es mejor así, para todos.

—¿No vas a confesarle a tu abuelo quién es tu padre?

—¿Por qué iba a hacerlo?

—Porque quizá, si no pudieras ser directora ejecutiva de las empresas Fontaine, te darías cuenta de que puedes hacer muchas otras cosas, y que es posible que te gustaran más.

—Lo que quiero es ser directora ejecutiva de las empresas Fontaine.

—En ese caso, ¿por qué te montaste en el primer avión que encontraste y viniste aquí para conocer a tu padre? Podrías haberte quedado en casa y ahorrarte tiempo y energía.

Ashton tenía razón.

—Soy una mujer de negocios porque mi padre y

mi abuelo lo eran también. Ahora descubro que, en realidad, soy la hija de un fotógrafo extraordinario. ¿Y qué?

–Lo que tus padres sean da igual, lo importante es lo que hagas tú.

–Es una tontería creer que los padres no te condicionan. Tú, por ejemplo, te has pasado la vida criticando su falta de egoísmo y alardeando de que solo te necesitas a ti mismo.

–Al menos admito mi egoísmo. Los hipócritas son mis padres. Tanto les preocupaban los demás que a mí no me hacían el mínimo caso.

Ashton lanzó la acusación sin pasión ni amargura, sino como si hubiera aceptado a sus padres tal y como eran hacía ya mucho tiempo.

–Así que te escapaste de casa y te juntaste con una panda de delincuentes.

–Tenía quince años y mis padres no se molestaron en buscarme.

–¿Cómo sabes eso? Es posible que te buscaran y que no pudieran encontrarte.

–Mis padres jamás acudieron a la policía para que les ayudara a encontrarme. Nadie me buscó. El único que me ayudó fue Franco. Él me dijo que volviera a casa y se ofreció para ayudarme.

–¿Por qué no volviste?

–¿A casa? ¿Para qué? Me marché de casa porque a mis padres yo les daba igual. Cuando me marché, continuaron con su trabajo como si nada hubiera pasado.

–¿No te gustaría saber qué ha pasado con ellos?

–No.

–Envidio la capacidad que tienes para dejar atrás el pasado y olvidarte de él.

Guardaron silencio durante el resto del trayecto al campamento, se había creado un distanciamiento entre ellos nacido de la obstinación de él y de la desilusión de ella.

Cuando llegaron, Ashton le tomó la mano a Harper y se dirigieron a la tienda. Tan pronto como entraron en ella, le sorprendió ver a Harper desnudarse. Dado que el día había sido difícil para ella, había imaginado que querría estar sola un rato. Sin embargo, Harper se plantó delante de él, desnuda, y comenzó a desabrocharle los botones con decisión. Él prefirió no cuestionar los motivos de tan sorprendente comportamiento.

Se dejaron caer en la cama, se besaron y entrelazaron piernas y brazos. Ashton le hizo el amor con exigente pasión, sin ternura. Harper no parecía necesitarla, se movía bajo con él como enfebrecida, clavándole las uñas y mordiéndole.

Por fin, Ashton se colocó entre las piernas de Harper y se hundió en ella completamente.

Casi al momento, Harper se sacudió, alcanzando el orgasmo. Él continuó moviéndose dentro de ella y Harper gritó. Salió y volvió a introducirse en ella, y alcanzó el clímax en cuestión de segundos.

Jadeantes, permanecieron quietos un rato. Cuando ambos consiguieron respirar por fin con normalidad, Ashton cobró consciencia de la música de la selva, del canto de las cigarras y las ranas.

–¿Has oído eso? –susurró Ashton.

Harper contuvo la respiración y, casi al momento, oyó un rugido distante.

–Sí.

–Es un leopardo.

–Parece que está muy cerca, ¿no?

–Debe de estar a medio kilómetro.

Harper se acurrucó junto a él y, sintiéndose segura en los brazos de Ashton, sonrió. Sin pensar en nada, le acarició la cicatriz que le cruzaba el vientre. A pesar de la curiosidad, aún no le había preguntado todo lo que quería saber sobre la vida de Ashton con la banda de delincuentes. Pero quizá ese fuera el momento.

–¿Una cuchillada?

–Sí –respondió tras varios segundos.

Harper volvió a guardar silencio. Se trataba de viejas heridas, de otra vida. Pero… ¿habían cicatrizado del todo?

–Chapman no contrataba a gente débil –declaró Ashton con voz grave–. Todo el mundo tenía que demostrar que sabía pelear. Era un sádico. Una vez por semana hacía que dos de la banda se pelearan, ganaba el primero que hacía sangrar al otro; el que perdía tres veces, adiós, se le cortaba la garganta y se le dejaba tirado en la selva para que se lo comieran los animales.

Harper no podía imaginar a un adolescente viviendo semejantes horrores.

–¿Por qué seguíais trabajando para él? ¿Por qué no os ibais?

–Porque se ganaba dinero con él. ¿Cómo crees que Franco consiguió montar este campamento de lujo?

–¿Por qué te quedaste tú con él?

–Porque quería vengarme de mis padres.

–¿A costa de arriesgar la vida?

–¿Quién no se cree invencible a los quince años? Yo era alto y fuerte para mi edad, y solía pelearme con los chicos de la vecindad, pero no sabía pelear con cuchillos. Desde el primer momento de entrar en la banda, Franco se convirtió en mi protector. Pero no aprendí con la suficiente rapidez y perdí dos peleas seguidas.

–¿Y Chapman quería matarte?

Ashton sacudió la cabeza.

–No, no lo creo. En la segunda pelea, fue cuando el tipo con el que luchaba me dio un navajazo en el vientre. Tuvieron que darme veinte puntos.

–Tuviste suerte de no morir de una infección.

–La suerte fue que Chapman no volviera a sacarme para luchar en cuatro meses. Durante ese tiempo Franco me enseñó a manejar el cuchillo y no volví a perder desde entonces.

La voz de Ashton reveló el daño que aquellos años le habían causado. Aunque no hubiera matado directamente a nadie, debía saber que salvarse a sí mismo significaba firmar la sentencia de muerte de otro.

–Tengo la impresión de que no te has perdonado a ti mismo.

–¿Por qué iba a hacerlo?

–Lo que pasó no fue culpa tuya. Daba igual que tú estuvieras o no para que Chapman siguiera con su juego. Y tú te marchaste.

–Pero nunca le denuncié. Me escapé.

Y llevaba escapando de sí mismo toda la vida, pensó Harper.

–¿En serio quieres trabajar en ese programa de televisión de Nueva York? –preguntó Harper–. Tengo la impresión de que vas a volverle la espalda a todo lo que suponga un éxito para ti.

–¿Por qué dices eso?

–Te gusta verte en situaciones que aterrorizarían a la mayoría de la gente. Te veo más en El Cocinero Errante.

–Aunque lo he pasado muy bien con ese programa, quiero cambiar mi imagen. Mi popularidad va a aumentar enormemente con la cadena de televisión de Nueva York. Es lo que quería desde hace tiempo.

–Y yo que creía que lo que más te gustaba era cocinar –comentó Harper con cierta ironía.

–Cuanta más audiencia, a más gente llegará mi punto de vista sobre la cocina.

Se quedaron un rato en silencio. Por fin, Harper lo rompió.

–Lo que has pasado ha debido de tener un gran efecto en ti. De haberte quedado con tus padres, quizá no hubieras tenido la oportunidad de poner a prueba tu fuerza y darte cuenta del valor que tienes –Harper hizo una pausa–. Pero creo que de ellos heredaste su generosidad y el deseo de ayudar a los más necesitados. ¿A cuánta gente ayudan las obras de beneficencia que tú promocionas?

–Yo solo les doy publicidad, nada más. No ayudo a nadie personalmente.

–¿Qué hay de Dae? Evitaste que fuera a la cárcel y le enseñaste a cocinar. Algún día tendrá su propio restaurante.

–Harper, si no me equivoco, este viaje era para que descubrieras algo de ti misma, no de mi pasado.

De repente, Harper sintió como si le hubieran quitado un peso de encima.

–¿Sabes una cosa? Ya no me importa ese hombre que dejó a mi madre embarazada. Ese hombre no quiere ser el padre de nadie. Lo que necesito es pensar en mí.

–Así que… ¿has decidido ya qué vas a hacer cuando vuelvas a casa?

–Voy a hacer lo que todo el mundo espera que haga y voy a guardar el secreto de mi madre. He venido a Sudáfrica en busca de mí misma y ya sé quién soy. Soy Harper Fontaine, futura directora ejecutiva de Fontaine Hotels y Resorts. Llevo toda la vida preparándome para dirigir la empresa y esa soy yo.

–¿Y es todo lo que necesitas para ser feliz?

–Desde los cinco años ese ha sido mi objetivo, lograrlo me dará una gran satisfacción.

–Espero que tengas razón.

Capítulo Once

Harper se despertó pocas horas después del amanecer, sola y deprimida. Se incorporó y miró a su alrededor, pero no vio a Ashton. Se dejó caer de nuevo en la cama, cerró los ojos y deseó no sentirse tan vulnerable.

Una hora después, se había duchado, vestido, hecho el equipaje y se fue a desayunar, sintiéndose algo mejor. Ashton debía estar con su viejo amigo Franco, hacía mucho tiempo que no se veían.

Con pesar, se dio cuenta de que debía acostumbrarse a estar sin él, mejor no hacerse ilusiones respecto a su relación. Había sido algo pasajero, como lo de su madre y LeDay, una hermosa aventura.

Ashton la encontró cuando estaba terminando de desayunar. Ella no le preguntó adónde había ido y él no le dio explicaciones. Se sentó frente a ella y se sirvió una taza de café con expresión seria.

–¿Te pasa algo? –preguntó Harper con el presentimiento de que aquel viaje mágico había llegado a su fin.

–No, estoy bien.

–¿Has desayunado?

–Sí, hace un rato –Ashton bebió un sorbo de café–. He visto que has hecho el equipaje.

–Como no sé a qué hora es el vuelo para Johannesburgo, he pensado que mejor estar preparada.

–Les he dicho que al mediodía.

Harper se miró el reloj. Si se marchaban como mucho en quince minutos llegarían a tiempo. Extendió el brazo y puso la mano sobre la de él.

–Gracias por venir a África a ayudarme. Te lo agradezco de verdad.

–No es necesario que me des las gracias.

La brevedad de las respuestas de Ashton empezó a irritarla. Tenía que averiguar qué le ocurría antes de emprender el viaje de vuelta.

–¿Es este el final del camino para nosotros?

–¿Quieres que sea así?

–No –respondió ella con un nudo en la garganta, pero decidida a que el miedo no la dominara–. Quiero que estemos juntos y me gustaría que a ti te pasara lo mismo.

–¿Estás segura de que sabes lo que quieres? Hace solo unos días lo más importante para ti era conocer a tu padre. Si él hubiera querido tener una relación contigo, ¿te habrías quedado en África? ¿Habrías empezado una nueva vida?

–No lo sé.

–Y luego, anoche, decidiste que no ibas a permitir que nada te impidiera hacerte directora ejecutiva de las empresas Fontaine. Dices que quieres encontrarte a ti misma; pero en vez de seguir adelante y hacer lo que realmente quieres hacer, retrocedes y vuelves a lo de siempre.

¿Estaba Ashton pidiéndole que abandonara el

negocio hotelero y se pasara la vida haciendo…?
¿Haciendo qué?

Era verdad que aún no había descubierto algo
que realmente le apasionara. Sí, Ashton tenía razón
y necesitaba que él la empujara a una nueva aventura. Lo que necesitaba era dar un salto a lo desconocido, correr riesgos hasta sentirse totalmente libre.

–Te amo –declaró Harper con profundo senti-
miento–. No puedo imaginar la vida sin ti. Estoy dispuesta a dejarlo todo por ti. Lo único que tienes
que hacer es decirme que me quieres.

Ashton cerró los ojos.

–No quiero que dejes nada. No me utilices como
excusa para enfrentarte a quién eres realmente y lo
que quieres de verdad.

–Ya te lo he dicho, te quiero a ti.

–Me quieres a mí porque te resulta más fácil decirle a tu abuelo que lo dejas todo por estar conmigo a confesarle que, en realidad, no eres su nieta.
¿No es eso?

–Eso es injusto.

–¿En serio lo es?

Harper no podía contestarle honestamente, así
que decidió contestarle con otra pregunta.

–¿Y tú, dejarías el nuevo programa de Nueva
York y volverías a El Cocinero Errante? –pero Harper sabía que no era justo pedirle que dejara a un
lado las metas que se había propuesto. Además,
¿quién era ella para decidir qué era lo mejor para
Ashton?

–Lo he dejado ya y no voy a retractarme.

–O sea, que vas a hacer lo cualquier cosa por conseguir el nuevo programa.

–Ese es el plan.

–En ese caso, supongo que vamos a decepcionarnos el uno al otro, ¿verdad?

–No sé por qué piensas eso.

En ese momento, le sonó el móvil. Era un mensaje de Violet:

El abuelo ha sufrido un pequeño derrame cerebral. No es nada grave, pero quiere verte.

Casi se mareó. Ashton le agarró la mano y le dijo algo que no entendió, pero supuso que le preguntaba qué pasaba.

Incapaz de pronunciar palabra, le mostró el mensaje.

–Deberías llamar para decirles que vamos inmediatamente.

–¿Vamos? ¿Vas a venir conmigo?

–Siempre que me necesites estaré a tu lado.

Ashton no había esperado volver a Las Vegas a las pocas horas de aterrizar en el aeropuerto JFK. Harper había insistido en que regresara debido a que solo faltaban unos días para la apertura del restaurante, por lo que la había dejado en Nueva York y él ahora estaba sobrevolando el país.

El móvil le sonó y vio que era un mensaje de Vince: «Llámame».

La brevedad del mensaje solo podía significar una cosa: que los de la cadena de Nueva York habían decidido prescindir de él.

–Hola, Vince, ¿qué hay? –dijo Ashton tras llamar inmediatamente a su agente.

–Lifestyle Network quiere contratarte.

Ashton no sintió la satisfacción que había imaginado que sentiría.

–No me dio esa impresión en la reunión.

–Han vuelto a ver el vídeo y se han dado cuenta de lo que yo ya sabía, que eres una estrella de la pantalla. Te vas a hacer famoso en toda América. Me han enviado el contrato, le he echado un vistazo y me parece perfecto.

–Necesito unos días para pensármelo.

Vince respondió a sus palabras con un silencio. Ashton imaginó que su agente debía de estar bastante disgustado con él.

–He trabajado muchas horas para conseguir este contrato –dijo Vince.

–Vince, la verdad es que cuando el lunes me marché de la reunión tenía la impresión de que ya no les interesaba.

–Les interesas.

Como no había nada que le impidiera firmar el contrato ya, Ashton tuvo que enfrentarse a las dudas que le habían asaltado desde la conversación mantenida con Harper.

–Lo que pasa es que no sé si me acostumbraría a vivir en Nueva York y a dejar de viajar.

–Ojalá me hubieras dicho esto hace tres días.

–Dame un tiempo para pensármelo. En estos momentos estoy muy ocupado con la inauguración de Batouri. Envíame el contrato y dame unos días para tomar una decisión.

–Te lo estoy enviando en estos momentos. No les hagas esperar demasiado.

–No, no lo haré.

Un minuto después, cuando recibió el mensaje electrónico de Vince, Ashton ojeó el contrato superficialmente. Le habría venido bien la opinión de Harper al respecto, pero lo último que quería hacer era molestarla, ya tenía demasiados problemas.

Harper entró en la casa de su abuelo en Nueva York y, al instante, Violet se echó a sus brazos. El cálido recibimiento de su hermana era todo lo contrario a la indiferencia que había mostrado LeDay con ella. La biología no hacía una familia, sino el cariño.

–¿Cómo está el abuelo?

–Mucho mejor –respondió Violet al tiempo que buscaba la mano de su esposo en busca de apoyo–. Ya está protestando porque el médico le ha ordenado que descanse.

–¿Le ha causado el derrame un daño permanente?

–El doctor Amhull ha dicho que ha sido un derrame cerebral muy leve y que, por lo tanto, no cree que eso ocurra. Le está medicando y quiere que el abuelo se tome las cosas con calma.

–¿Puedo verle?

–Claro. Y después creo que deberíamos hablar.

Scarlett y Logan han ido a dar un paseo, pero no creo que tarden en volver. Los seis deberíamos sentarnos a hablar antes de la cena, hay algunas cosas que deberías saber.

–¿Los seis?

–¿No está Ashton en Nueva York contigo?

–No, ha vuelto a Las Vegas directamente. El restaurante va a abrir dentro de unos días –respondió Harper, recordando con angustia la expresión de disgusto de Ashton al decirle que se marchara sin ella– ¿Está el abuelo en su habitación?

–No, está en el estudio. No hemos conseguido convencerle de que se quede en la cama.

Harper se dirigió al cuarto preferido de su abuelo. Lo encontró sentado en uno de los dos sillones de cuero a ambos lados de la chimenea. Tenía una pila de revistas en una mesa auxiliar. Tenía mejor color de lo que esperaba y protestaba por el artículo que estaba leyendo.

–Hola, abuelo.

Su abuelo levantó la vista y le hizo un gesto para que se acercara.

–¿Cómo te encuentras?

–Bien. Tus hermanas no me dejan salir de casa. Violet me ha dicho que estabas en África. ¿Te importaría decirme qué estabas haciendo allí?

–Necesitaba un descanso.

Su abuelo lanzó un gruñido.

–Bob ha tratado de disimular, pero no ha podido engañarme, estaba preocupado por ti. Tenía miedo de que estuvieras al borde de un ataque.

–¿Yo? ¿Por qué pensaba eso?

–Porque lo dejaste todo, le pusiste a él al frente del hotel y desapareciste.

–Me he tomado unas vacaciones.

–Te las merecías, y mucho más que eso. Pero lo que yo quiero saber es qué es lo que te pasa. ¿Te está causando problemas ese tal Croft?

–¿Ashton? No, hemos conseguido llegar a trabajar bien juntos.

–¿Y en lo personal? ¿Todo bien también?

–Sí, ya te he dicho que trabajamos bien juntos.

Su abuelo lanzó un soplido de impaciencia.

–No soy tonto, sé que has ido a África con él.

–En realidad, yo fui a África y él me siguió.

–¿Por qué te siguió? ¿Y por qué fuiste a África?

–Quería correr una aventura y a Ashton le pareció una imprudencia que fuera sola. Al final, resultó que él tenía razón. Me robaron en un tren y me quitaron el pasaporte.

¿Cómo iba a mantener el secreto de su padre teniendo en cuenta que su abuelo parecía estar enterado de todo?

–Por cierto, ¿quién te dijo que había ido a África? –preguntó Harper.

–Cuando me enteré de que ibas a Sudáfrica, llamé a un amigo mío del Departamento de Estado para que te echara un ojo.

–¿Es por eso por lo que me dieron un pasaporte nuevo con tanta rapidez?

–En parte. ¿Algo más que quieras contarme de tu viaje a Sudáfrica?

–Ashton me llevó a un safari y he visto elefantes, búfalos y leones. Y una noche oímos un leopardo.

–¿Eso es todo?

–Es un país precioso. Deberíamos pensar en la posibilidad de montar un hotel allí.

–Podrás hacerlo si quieres cuando te conviertas en la directora ejecutiva de Fontaine.

La angustia se apoderó de ella. No podía seguir callada. Ashton tenía razón, convertirse en directora ejecutiva sin tener derecho a ello nunca la haría feliz.

–Cuando llegue el momento, lo tendré en cuenta.

Continuaron charlando sobre África hasta que Scarlett se presentó en el estudio.

–¿Puedes venir? –le preguntó Scarlett al tiempo que sonreía a su abuelo.

–Sí, claro –respondió Harper. Y besó a su abuelo en la mejilla antes de marcharse con Scarlett.

Scarlett y ella se dirigieron al cuarto de estar, donde les esperaban Violet, J. T. y Logan. Se sentó en un sillón y esperó a que todos se hubieran acomodado para romper el silencio.

–Os veo muy serios. ¿Qué pasa?

–¿Has visto a tu padre? –le preguntó Scarlett sin preámbulos.

–Sí.

–¿Y qué tal?

–No muy bien. Le sorprendió mucho conocer a una hija de veintinueve años cuya existencia le era desconocida.

–¿Fue amable? –preguntó Violet.

–Nos invitó a cenar a Ashton y a mí.

–¿Dónde está Ashton? –preguntó Scarlett.

–De camino a Las Vegas. El restaurante se va a inaugurar dentro de dos días.

–Logan ha descubierto quién ha chantajeado a tu madre –dijo Violet.

–¿Quién es? –preguntó Harper, que se había olvidado del asunto del chantaje.

–Mi padre –respondió J. T.–. Necesitaba dinero para un buen abogado.

–¿Cómo consiguió los documentos?

–Eso fue culpa mía –dijo Scarlett–. Si no los hubiera llevado a mi casa no los habría perdido.

–No los perdiste –le recordó Logan–. Entraron en tu suite, te dieron un golpe, te dejaron inconsciente y robaron los documentos.

–La culpa la tiene Tiberius –interpuso Violet–. Si no hubiera metido las narices donde no debía, no habría habido documentos.

–Fue mi padre quien se puso a buscar la información que mi tío había recogido sobre él y fue mi padre quien contrató al tipo que le dio el golpe a Scarlett. Mi padre es quien ha chantajeado a la madre de Harper –declaró J. T.

Harper cerró los ojos y dejó de escuchar. Se sumergió en una extraña oscuridad hasta que alguien le tocó el brazo y la hizo volver a la realidad.

Logan, arrodillado delante de ella, la miraba con intensidad.

–Hemos conseguido recuperar los documentos y el dinero.

Harper se inclinó y le besó la mejilla.

—Gracias.

—No hay de qué.

Harper miró a sus hermanas, a Logan y a J. T. Esa era su familia, no un desconocido en Sudáfrica que no quería saber nada de ella.

—Tengo mucha suerte de teneros a mi lado —dijo.

—Bueno, y ahora que todo está arreglado, ¿vas a ocupar el puesto de directora ejecutiva? —quiso saber Violet.

Harper se dio cuenta de que, para todos ellos, era importante que aceptara el cargo. Si lo hacía, Scarlett podría continuar con su carrera de actriz y Violet podría quedarse en Las Vegas con J. T. Todos esperaban que aceptara.

—Cuando el abuelo quiera que ocupe el cargo, lo haré.

Capítulo Doce

A las dos horas de que Batouri abriera sus puertas por primera vez, la cocina del restaurante iba mejor de lo que Ashton había imaginado. Gracias a Cole.

Aunque intentaba centrarse en el trabajo, no podía evitar pensar en Harper. Le preocupaba su reacción cuando ella le dijo que le amaba.

–Harper está aquí –le dijo Carlo, tras aproximarse a él–. Ha preguntado por ti.

Ashton salió de la cocina con Carlo, que le llevó adonde le esperaba Harper. La encontró en el mostrador de recepción del restaurante, parecía nerviosa e insegura. Llevaba un vestido blanco de encaje, el pelo recogido con hebras sueltas estilo romántico. Su hermosura lo dejó sin respiración.

Ashton le dio un beso en la mejilla.

–¿Cómo está tu abuelo?

–El derrame cerebral ha sido leve. Lo más difícil es hacer que descanse y se quede en casa, quiere volver al trabajo.

–Me alegro de que no haya sido grave. ¿Qué les has contado del viaje a Sudáfrica?

–Que es un país muy bonito.

–No me refería a eso –dijo Ashton, decepcionado con la respuesta de ella–. ¿Le has contado lo de LeDay y tu madre?

–No. Todavía no se ha recuperado del todo, no me ha parecido buena idea hacerlo en estos momentos –Harper se miró las manos–. La buena noticia es que Logan ha descubierto al chantajista de mi madre y todo se ha solucionado.

–No vas a decírselo. Crees que si se enterase de la verdad no te querría.

–Hace cinco años fue en busca de Violet y Scarlett por el hecho de que eran sus nietas. Las quiere. ¿Y si dejara de quererme al enterarse de que no nos unen lazos de sangre?

–No es posible que creas eso en serio.

–No, no lo creo, pero no puedo correr ese riesgo. Y todos cuentan conmigo.

–¿Quiénes?

–Mis hermanas, J. T. y Logan. Si yo no me pusiera al frente de las empresas, tendrían que hacerlo Scarlett o Violet, y ninguna de las dos quiere.

Ashton conjuró una fugaz visión del futuro. Los dos en Nueva York, Harper de directora ejecutiva y él en el programa de la cadena de televisión. Y podrían estar juntos.

–Tenemos que hablar –dijo Ashton–. ¿Te parece que nos veamos después de cerrar el restaurante esta noche?

–No creo que pueda. Mañana al mediodía vuelvo a Nueva York y antes tengo muchas cosas que hacer. Le he prometido al abuelo sustituirle hasta que se encuentre mejor.

–¿Cuándo vas a volver?

–No lo sé –Harper sacudió la cabeza–. Puede que me quede allí indefinidamente.

A Ashton se le encogió el corazón. Sabía que Harper se arrepentiría de esa decisión durante el resto de la vida.

–En eses caso, supongo que nada impedirá que nos veamos. Lifestyle Network ha aceptado prácticamente todas mis propuestas.

Un poco después de las seis de la tarde del día siguiente a la exitosa inauguración de Batouri, Harper entró en la casa de su abuelo y lo encontró en el cuarto de estar con el teléfono móvil en una mano y un vaso de whisky en la otra. Trabajar era tan natural para él como respirar. ¿Era eso en lo que ella quería que se convirtiera su vida?

–Sam, tengo que dejarte –dijo su abuelo por el teléfono al verla–. Mi nieta acaba de llegar.

Tan pronto como su abuelo colgó, Harper se le acercó y le dio un abrazo. Lo que iba a decirle aquella noche no le iba a resultar fácil.

–Me han dicho que la inauguración de tu restaurante ha sido todo un éxito –dijo su abuelo cuando se sentaron a la mesa para cenar.

–Sí, ha ido muy bien. La crítica ha sido magnífica. Estuviste muy acertado al sugerir a Ashston.

–Tenía la sensación de que os iba a ir bien juntos.

Harper recordó las dos noches en la tienda de campaña y enrojeció.

–¿Por qué?

–Ashton es un cocinero de gran talento y un hombre aventurero. Tú siempre te has preocupado demasiado por el futuro y te has olvidado de disfrutar del presente. Pensé que a él le beneficiaría tu habilidad para centrarte en el trabajo y que a ti no te iría mal permitirle sorprenderte.

–¿Cómo lo sabías?

–No creerás que mi éxito en los negocios se debe a la suerte, ¿verdad? –su abuelo le sonrió irónicamente–. ¿Nunca te has preguntado por qué os propuse esa clase de competición a tus hermanas y a ti, teniendo en cuenta los esfuerzos que tú ya habías hecho por aprender el negocio?

Ya que su abuelo estaba poniendo las cartas sobre la mesa, le pareció que lo mejor era hacer lo mismo.

–¿Por qué no estabas seguro de que yo fuera la más indicada?

–Eras la más indicada. De lo que no estaba seguro era de que tú lo supieras.

A Harper le costó seguir la lógica de su abuelo.

–La verdad es que nunca llegué a creer que fuera a ser la directora ejecutiva de la empresa. Lo quería con toda mi alma y me esforcé mucho para conseguir tu aprobación.

–Harper, tienes mucho más que mi aprobación. Quiero que ocupes mi puesto. Pero ¿qué es lo que tú quieres hacer?

La pregunta de su abuelo la sorprendió.

–Ser la directora ejecutiva –pero no lo dijo con

la convicción con la que lo habría dicho un mes atrás.

–¿En serio?

No encontraría mejor oportunidad que aquella para hacer la confesión.

–Hace muy poco me preguntaste por qué fui a África –Harper respiró hondo con el fin de tranquilizarse–. La verdad es que fui a conocer a mi padre. A mi padre biológico.

Harper se preparó para enfrentarse a la ira de su abuelo. Al ver que continuaba masticando un filete como sin nada, frunció el ceño.

–¿No me vas a preguntar nada?

–¿Le encontraste?

–Sí.

–¿Y?

–Abuelo…

–¿Se alegró de conocerte?

–No. No mucho, la verdad –Harper dejó el tenedor en el plato y agarró la copa de vino–. No sabía ni que yo existía.

–Tu madre nunca se puso en contacto con él.

–¿Es que no te sorprende todo esto? Vaya, lo sabías. Sabías que mi madre había tenido una aventura y que yo no era tu nieta.

–Sí.

–Nunca me lo dijiste.

–¿Por qué iba a hacerlo? Eres mi nieta.

–Pero no nos une la sangre.

–Harper, te quiero. En tus veintinueve años de vida lo único que has hecho es darme felicidad y alegría. Eres mi nieta y quiero que seas directora ejecutiva de la empresa, a menos que hayas decidido que no quieres el puesto.

–La verdad es que no estoy segura. Al enterarme de que no era una Fontaine… no sé, sentí alivio.

–Es comprensible. Te has exigido demasiado.

–Pero cuando conocí a Greg LeDay en África, tampoco me sentí unida a él. A ese hombre no le alegró conocerme en absoluto.

–Dale un poco de tiempo, puede que acabe reaccionando de otra manera.

–Lo dudo.

Conocer a su padre no le había ayudado a conocerse a sí misma. Lo que sí la había cambiado había sido el tiempo en compañía de Ashton, ver África como la veía él. Y esos días la habían hecho comprender mejor lo que quería de la vida, lo que la hacía feliz.

–Siempre había querido que estuvieras orgulloso de mí –dijo ella–. Por eso fue por lo que me esforcé tanto.

–Estoy orgulloso de ti.

–Por comentarios que le oí a mi padre, sabía que querías que un Fontaine estuviera al frente de la empresa.

–¿Y crees que si tú ocupas la dirección no va a haber una Fontaine al frente de la empresa?

–La verdad es que no sé si estoy tan preparada para ello como pensaba.

–¿Quieres quedarte en Las Vegas?

–No. Creo que Violet debería quedarse con Fontaine Ciel. Me gustaría pasar unos años de consultora en el área de desarrollo.

–Deja que lo adivine. Quieres viajar por todo el mundo en busca de lugares para expandir el negocio, ¿eh?

–Algo así.

–¿Y crees que debería seguir yo de director ejecutivo entre tanto?

Harper sonrió.

–Sabes tan bien como yo que no éstas preparado aún para dejar de trabajar. Aunque quizá debieras tomártelo con más calma y delegar ciertas responsabilidades en otros.

–Le pides demasiado a un viejo –dijo su abuelo sonriendo.

La cocina de Batouri era un lugar tranquilo a las ocho de la mañana, y Ashton, a solas con sus pensamientos, cocinaba.

Los cinco días siguientes a la inauguración de Batouri habían sido muy ajetreados. No había visto a Harper desde la noche de la inauguración, aún no había regresado de Nueva York. Con el paso de los días se sentía menos seguro de haber tomado la decisión adecuada. Había rechazado el trabajo con Lifestyle Network con el fin de demostrarle a Harper que estaba dispuesto a hacer lo que fuera para que ella fuera feliz. Pero estaba perdiendo la esperanza de que Harper, por fin, se diera cuenta de que su felicidad estaría asegurada viajando con él.

Casi como si hubiera sido por la fuerza de su pensamiento, Harper apareció en la cocina.

–Me imaginaba que te encontraría aquí.

–¿Dónde si no?

Harper presentaba el mismo aspecto que cuando la conoció: sofisticada, profesional, perfecta. El corazón se le encogió. Era evidente que Harper ya había elegido su futuro.

–He hablado con mi abuelo.

–Y no le has dicho la verdad, ¿me equivoco?

–Sí, te equivocas –respondió Harper–. Resulta que mi abuelo ya lo sabía.

–Tu abuelo es un tipo listo.

–Y tú, ¿vas a aceptar el trabajo en Lifestyle Network? –preguntó ella con expresión de desilusión.

–No, no voy a hacer el programa.

Harper sonrió abiertamente.

–¿Vas a volver a El Cocinero Errante? Es maravilloso.

–No, tampoco. Como parecías decidida a ser directora ejecutiva de la empresa de tu familia, si seguía con ese programa tendría que viajar y no íbamos a poder estar juntos, así que no. Pero tenías razón en que no debía aceptar el trabajo con Lifestyle Network, querían que me convirtiera en algo que no soy.

–Entonces, ¿qué vas a hacer?

–¿Escribir un libro de cocina como tú misma me sugeriste? Además, después del éxito de Batouri, quizá no sea mala idea abrir un restaurante en Nueva York.

–¿Estás diciendo que has dejado tu carrera en televisión por mí? Pero ¿por qué?

–Durante estos días me he dado cuenta de algo muy importante. Ya no me siento invencible. Antes de conocerte no tenía nada que perder, pero eso ha cambiado.

Harper se quedó muy quieta.

–No lo entiendo. Tenías mucho. Tenías El Cocinero Errante, la otra cadena de televisión con un nuevo programa de cocina, y Batouri.

–Los programas y los restaurantes tienen un principio y un fin. Lo único irremplazable en mi vida eres tú. La mujer a la que amo.

–¿Que me amas?

–¿Es que no te habías dado cuenta?

–En las cuestiones amorosas, no tengo mucha experiencia.

–Yo tampoco –confesó Ashton–. Así que tendrás que perdonarme si meto la pata de vez en cuando.

–Supongo que será una tarea en común.

–Me alegro de que digas eso –Ashton se metió la mano en el bolsillo–, porque quiero pasar el resto de la vida empeñado en esa tarea, contigo. ¿Te quieres casar conmigo?

–Sí –respondió Harper, con el mismo amor que se reflejaba en los ojos de Ashton–. ¡Sí, sí!

Ashton le deslizó un anillo por el dedo de la mano izquierda. Dos círculos de brillantes, uno blanco y otro rosa, rodeaban un brillante rosa en el centro.

–Es precioso –murmuró Harper.

–No tan precioso como la mujer que lo va a llegar –Ashton la besó profunda y prolongadamente–. Te amo.

–Espero que no cambies de parecer por lo que te voy a decir. No voy a ser directora ejecutiva de Fontaine.

–¿Por qué no?

–Porque voy a viajar por todo el mundo en busca de lugares en los que montar nuestros hoteles. Por lo tanto, es una suerte que estés libre para poder viajar conmigo, porque no me apetece la idea de que te quedes solo en casa.

–¡Vaya oportunidad! ¿Te acuerdas cuando me hablaste de por qué no hacer una serie sobre viajes a lugares románticos?

–¿Sugerí yo eso? Bueno, si lo hice, supongo que es una buena idea.

–Los de Phillips Consolidated Network comparten tu idea y quieren que les preparemos una lista de hoteles. Cuanto más exóticos mejor.

–Creía que ya no tenías trato con ellos.

–No exactamente.

–¿Estabas pensando en marcharte a hacer otra serie de televisión sin mí?

–No, claro que no. ¿Cómo se te puede ocurrir que los productores vayan a enviarme a todos esos sitios tan románticos solo?

Harper frunció el ceño.

–Si crees que voy a dejarte viajar por todo el mundo con una compañera tan encantadora como tú que…

Ashton la hizo callar con un beso. Le llevó varios minutos dejarla rendida en sus brazos. Separó los labios de los de ella cuando creyó que ya podía hablar.

–Cielo, te conozco muy bien. No hay ninguna mujer tan encantadora como yo, solo hay una muchísimo más encantadora que yo, y esa eres tú.

–¿Yo? ¿En televisión?

–¿Qué te parece?

–Aterrador –respondió Harper, sin poder evitar una enorme sonrisa–. Y estupendo.

–Va a ser un proyecto fantástico –alzándola en brazos, la llevó al comedor del restaurante–. Tú, yo, lugares exóticos… Imagina los sitios en los que vamos a hacer el amor.

Harper se echó a reír.

–Suena fantástico.

Y perfecto. Porque, con la ayuda de Ashton, había descubierto una oculta pasión y se había descubierto a sí misma. Juntos podrían lograr lo que se propusieran.

–Pero ahora, de momento, al único lugar al que vamos a ir es a tu suite.

Y, también de momento, era el lugar perfecto. La mayor aventura que podía vivir era estar con el hombre al que amaba.

Deseo

NUESTRA NOCHE DE PASIÓN

CATHERINE MANN

Nadie conocía a Elliot Starc mejor que Lucy Ann Joyner. Sin embargo, después de una inconsciente noche de pasión, su amistad quedó completamente destrozada.

Cuando Elliot se enteró de que Lucy había tenido un hijo suyo, decidió que quería una segunda oportunidad. Deseaba la posibilidad de convertirse en el padre que él nunca tuvo y de que la amistad llegara a ser algo más. Sin embargo, ¿podría Lucy perdonar los errores que él había cometido y creer que deseaba mucho más que un matrimonio por el bien de su hijo?

*Ninguna mujer había conseguido
que la olvidara*

Acepte 2 de nuestras mejores novelas de amor GRATIS

¡Y reciba un regalo sorpresa!

Oferta especial de tiempo limitado

Rellene el cupón y envíelo a
Harlequin Reader Service®
3010 Walden Ave.
P.O. Box 1867
Buffalo, N.Y. 14240-1867

¡Sí! Por favor, envíenme 2 novelas de amor de Harlequin (1 Bianca® y 1 Deseo®) gratis, más el regalo sorpresa. Luego remítanme 4 novelas nuevas todos los meses, las cuales recibiré mucho antes de que aparezcan en librerías, y factúrenme al bajo precio de $3,24 cada una, más $0,25 por envío e impuesto de ventas, si corresponde*. Este es el precio total, y es un ahorro de casi el 20% sobre el precio de portada. !Una oferta excelente! Entiendo que el hecho de aceptar estos libros y el regalo no me obliga en forma alguna a la compra de libros adicionales. Y también que puedo devolver cualquier envío y cancelar en cualquier momento. Aún si decido no comprar ningún otro libro de Harlequin, los 2 libros gratis y el regalo sorpresa son míos para siempre.

416 LBN DU7N

Nombre y apellido	(Por favor, letra de molde)
Dirección	Apartamento No.
Ciudad	Estado	Zona postal

Esta oferta se limita a un pedido por hogar y no está disponible para los subscriptores actuales de Deseo® y Bianca®.
*Los términos y precios quedan sujetos a cambios sin aviso previo.
Impuestos de ventas aplican en N.Y.

SPN-03 ©2003 Harlequin Enterprises Limited

Bianca

Él buscaba venganza, ella… la libertad

Theo llegó a Brasil con un único deseo: aniquilar al hombre que le había destrozado la vida. Además, cuando el orgulloso griego vio a la impresionante hija de su enemigo, supo que la victoria sería mucho más dulce con ella en la cama. Inez anhelaba escapar de la sombra de su padre y cumplir sus sueños, no que la chantajearan para que fuese la amante de alguien. Sin embargo, la línea entre al amor y el odio era muy difusa y Theo despertó un deseo en ella que nunca habría podido prever.

El dulce sabor de la revancha

Maya Blake

SEDUCCIÓN Y MISTERIO

YVONNE LINDSAY

Sophie Beldon había empezado a trabajar para Zach Lassiter desde que su jefe había desaparecido, pero Zach llevaba una temporada actuando de manera muy misteriosa y Sophie se preguntaba qué estaba ocultando. ¿Estaría involucrado en la desaparición?

El problema era que Sophie se había sentido muy atraída por Zach desde la primera vez que lo había visto. Así que cuando había decidido seducirlo para descubrir sus secretos, tal vez se había engañado a sí misma acerca de sus motivos. Porque la pasión que encontró entre sus brazos hizo que rezase para que sus sospechas fuesen infundadas.

Un jefe enigmático...

¡YA EN TU PUNTO DE VENTA!